불멸의 춘향전

소설 춘향전으로 여는 새로운 세상

김중식

1967년 인천에서 출생, 서울대 국문과를 졸업했다. 1990년 『문학사상』에 「아직도 신파적인 일들이」 등의 작품이 추천되어 시단에 등장했으며 '21세기 · 전망' 동인으로 활동중이다. 시집으로 『황금빛 모서리』가 있으며 현재 경향신문 사회부 기자로 재직중이다.

문학사연구회

이 책의 저자인 '문학사연구회'는 1988년 첫번째 모임을 시작했다. 대학과 대학원 석 · 박사 과정을 거치는 동안 배웠던 한국문학사를 총체적으로 되짚어보자는 것이 모임을 결성한 의도였다. 1930년대부터 해방공간, 50년대, 60년대의 문학을 차례로 공부하는 동안 다섯 명이던 회원이 아홉 명으로 늘어났고, 그러는 동안의 연구 작업을 토대로 『소설구경 영화읽기』 등을 냈다. 회원 문영희, 노귀남, 서하진, 곽봉재, 김수이, 김연숙, 문해경, 이명귀, 성미란 들은 현재 여러 대학의 교수 · 강사 또는 문단에서 문학평론가 · 소설가 등으로 활약하고 있다.

청동거울 이야기 ③

불멸의 춘향전 소설 춘향전으로 여는 새로운 세상

발행일/1999년 11월 15일 1판 1쇄 발행 2006년 5월 10일 1판 2쇄 발행

지은이/김중식 · 문학사연구회 펴낸이/임은주 펴낸곳/도서출판 청동거울 출판등록/1998년 5월 14일 제13-532호
주소/(137-070)서울 서초구 서초동 1359-4 동영빌딩 전화/(02)584-9886~7 팩스/(02)584-9882
전자우편/cheong21@freechal.com

사진자료 제공/영화인 외
편집책임/조태림 디자인/배영옥 영업관리/하헌성

값 7,000원

ISBN 89-88286-16-2

청동거울 이야기 ③

소설 춘향전으로 여는 새로운 세상

불멸의 춘향전

김중식 · 문학사연구회 지음

청동거울

우리의 사랑가에서 세계의 고전으로,
오늘의 명작에서 미래를 여는 불멸의 『춘향전』으로

1. 읽히지 않는 고전을 읽는 고전으로

우리의 위대한 문화유산 가운데 인류의 보편 정서가 담긴 사랑 이야기를 주제로 한 작품을 꼽으라면 단연 『춘향전』을 떠올릴 것이다. 그런데, 『춘향전』을 문자 언어로 읽어 본 사람은 과연 몇이나 될까.

세계의 고전 명작 가운데 스스로 읽고 그 가치를 인정한 작품은 의외로 몇 개 되지 않기가 보통이다. 『데카메론』, 『신곡』, 『파우스트』 등 실은 읽지도 않고 읽은 듯이 여기고 있는 고전은 무수히 많다. 마찬가지로 『춘향전』을 모르는 사람은 없지만 그것을 읽어 본 사람은 아주 드물다. 왜? 무엇보다 『춘향전』을 문자 언어로 접할 기회가 없어서일 것이다.

『춘향전』에 관한 학문적 연구 성과는 괄목할 만큼 축적되어 있다. 전국에 산재한 『춘향전』 판본이 남김없이 채집 수록되어 무려 여덟 권의 장서로 묶여 있는가 하면, 평생을 『춘향전』 연구에만 몰두하는 학자도 여러 분 계시며, 현재 서점에 진열되어 있는 『춘향전』 관련 책자만 해도 50종류를 상회한다. 그럼에도 『춘향전』은 읽히지 않는다. 학문과 대중의 분리는 어제오늘의 일이 아니지만, 적어도 민족 고전인 『춘향전』 한 권쯤은 대중 독자들이 향유할 수 있어야 하는 것이 아닌가 하는 생각이 이 책을 펴내게 한 일차적인 이유이다.

『춘향전』이 읽히지 않는 이유는 여러 가지일 것이다. 우선 문자매체보다 더 빠르고 손쉽게 접할 수 있는 다른 매체들이 독자의 시선을 빼앗았

4

을 수 있으며, 자신에게 내재되어 있는 소중한 가치를 내세우지 않는 민족 특유의 겸양 기질이 발휘된 경우라고 볼 수도 있다. 또한 『춘향전』 판본 출간 당시의 언어가 해독하기 어려워 『춘향전』을 읽지 못할 수도 있을 것이다.

이러한 점에 착안하여 우리는 언어 감각이 뛰어난 김중식 시인의 힘을 빌려 원전에 해당하는 완판본 『춘향전』을 현대어로 고치는 작업에 들어갔다. 이 과정에서 『춘향전』이 판소리계 소설이라는 점을 염두에 두고 판소리의 가락을 충분히 살려냄으로써 독자들이 소리내어 읽을 때 더욱 운치가 살아날 수 있도록 하였다. 누구나 다 알고 있는 춘향의 이야기지만 **현대 감각의 문자 언어로, 쉽고 재미있게 읽을 수 있다면** 우리의 『춘향전』은 읽는 고전으로 자리잡을 것이기 때문이다.

2. 『춘향전』을 어떻게 이해할 것인가

『춘향전』은 사랑의 이야기이다. '사랑'은 불멸이지만 그 의미는 시대와 함께 변한다. 사랑하는 방식 또한 시대에 따라 달라질 수 있다. 『춘향전』은 죽은 옛 이야기가 아니라 살아 움직이는 유기적인 텍스트이다. 이 텍스트는 시간의 흐름과 함께 무궁무진하게 변용, 확장될 수 있다. 『춘향전』을 수용한 현대 문학의 문학적 변용 문제를 다루어 본다면 『춘향전』이 왜 영원한 고전인지를 쉽게 이해할 수 있다.

이 점에 착안, 우리는 현대 문학의 각 장르의 작가들이 『춘향전』을 어떤 방식으로 수용, 해석해내는지를 살펴보기로 했다.

시 장르에서의 텍스트의 수용 변화는 춘향 이미지를 가장 많이 차용한 서정주, 박재삼 시인의 시를 통해 고찰하였고, 소설에서는 사랑의 서사 구조의 변용을 집중적으로 고찰하였다. 『춘향전』에 현대 문명의 옷을 입혔을 때 영화, 연극의 종합예술이 된다. 이러한 점은 영화 『춘향전』의 변천사를 통해 살펴보았으며, 체제가 다른 북한에서는 『춘향전』이 어떤 방식으로 소개되고 있는지도 고찰해 보았다.

『춘향전』에 등장하는 인물에 관해서도 현대의 시각으로 새롭게 해석했다. 우선 춘향의 어머니 월매를 현대의 아줌마 문화의 전형으로 접근해 보았다. 또한 춘향과 몽룡 간의 낭만적 사랑은 현대에 와서 어떤 방식으로 적용되는지, 『춘향전』이 지닌 이중가치를 통해 현대인이 『춘향전』을 어떻게 이해할 수 있는지 알아보았다.

서양 문학의 보고는 그리스 로마 신화이다. 우리 문학의 보고는? 무엇보다, 오랜 시간 당대 대중의 입에서 입으로 전해지고 판소리로 불리워지고 다시 문자로 정착한, 우리 민족의 사랑을 받은 고전 작품들일 것이다. 그간 우리의 눈은 저 먼 쪽을 향해서만 열려 있었던 것은 아닐까. 이제 눈을 낮추어 우리 속에 내재된 보물을 찾아보자. 그 가운데 빛나는 보물이 『춘향전』임에랴.

한편 『춘향전』은 '지금, 여기'의 것이다. 그러므로 『춘향전』을 읽고, 쓰고, 보는 눈도 '지금, 여기'의 것이어야 한다. 눈을 안으로 돌린다고 국수(國粹主義)의 낮은 눈이 되어서는 안 될 것이다. 인류 보편이면서 가치 있는 우리의 것을 찾아 '지금, 여기'의 시각으로 새롭게.

　새로운 천년이 다가오고 있다. 2000년대가 되어 우리 문학의 역사를 새로 쓴다면 어떤 작품이 남고 어떤 작품이 기억의 저편으로 사라질까. 20세기에도 뛰어난 작품이 있었고, 또한 21세기에도 시대를 빛낼 작품이 있겠지만, 그보다 더 오랜 시간까지 남을 것으로 『춘향전』만한 작품이 있을까. 어쩌면 우리가 『춘향전』을 지금보다도 더 의미있게 곁에 두고 지낸다면 『로미오와 줄리엣』으로 대표되는 많은 서양의 '사랑가'들보다 더욱 영원한 불멸의 『춘향전』이 될 가능성마저 있다.

　『춘향전』에 대한 이러한 작업은 『춘향전』의 가치를 소중히 하고 또 그 가치를 독자 대중에게 전하려는 소장 학자들의 작은 바램에서 진행된 것이다. 『춘향전』에 새 천년의 새 옷을 입히는 심정으로 이 책을 낸다.

1999년 11월
도우누리에서
김중식 시인과 함께
문학사연구회 모두가 쓰다.

불멸의 춘향전 • 차례

소설 춘향전으로 여는 새로운 세상

제1부
춘향 아씨, 이몽룡을 만나다

때는 조선시대 숙종 조.

남원 사또 자제 이몽룡이

잠시 잠깐 바람 쐬러 광한루로 나갔는데,

때는 마침 단오날이라.

그네 뛰러 나온 아리따운 춘향 아씨.

그 모습에 반한 이몽룡, 애간장이 다 녹는데.

어찌할꼬. 사랑은 봄바람 타고 살랑살랑 불어오는구나.

공부 잘하고 착한 이몽룡

옛 날 옛날, 그렇다고 아주 먼 옛날은 아니고, 조선시대 제19대 임금님인 숙종 대왕 시절.

임금님이 나라를 잘 다스리니, 조정에는 충성스런 신하가 가득하고 집집마다 효자와 열녀가 그득하더라. 백성들은 해마다 풍년가를 부르고, 날마다 배부르게 잘 먹고 잘 살았것다.

그때 저기 전라도 남원 땅에는 월매라는 기생 출신 한 여인네가 있었는디. 나이가 바야흐로 마흔 살이 넘도록 자식이 하나도 없어서 늘 근심 속에서 살았것다.

그리하여 월매는 목욕을 깨끗이 하고 유명한 산을 찾아다니며, 산 신님께 아들 하나 낳아 달라고 정성 들여 빌었것다. 제물을 차려 놓고 그 아래에 엎드려서 빌고 또 빌기를 100일.

이윽고 5월 5일 밤 열두 시에 꿈을 하나 얻었는디.

학이 한 마리 월매의 품속으로 날아들었것다. 황홀한 정신을 진정하여 곰곰이 생각하니 태몽이더라.

과연 그날부터 열 달 후. 하루는 방 안에 향기가 가득 차고 다섯 빛깔 구름이 빛나것다. 정신이 아찔한 가운데 아기를 낳으니 구슬 같은 딸이 태어났으니.

아들은 아니었지만 그만한 대로 소원을 이룬 셈. 딸을 사랑하는 정경을 어찌 다 말로 설명할 수 있으리오. 이름을 춘향이라 부르면서 보석같이 길러내더라.

춘향이는 무럭무럭 크는디. 효심이 지극하고, 착하기는 마치 기린과 같더라. 칠팔 세가 되니 글 읽기에 마음을 붙이고, 커갈수록 예의도 싹싹하고 마음 씀씀이도 절개가 굳더라. 그리하여 남원 땅에서는 춘향이를 칭찬하는 소리가 높았것다.

이때 남원 땅에는 잘생긴 청년이 하나 살았는디. 그의 이름은 이몽룡. 그의 어머니가 아기를 낳기 전에 용꿈을 꾸었다고 이름을 꿈 몽(夢)자, 용 룡(龍)자로 지은 것이었것다. 나이는 꽃피는 이팔 청춘 열여섯 살, 좋은 나이지.

몽룡의 아버지는 원래 서울 삼청동에서 살던 양반이었는디. 어렸을 적부터 공부를 잘해서 과거에 급제하고 여러 벼슬자리를 돌아다녔것다. 마치 몽룡의 할아버지도, 할아버지의 할아버지도 대대로 벼슬을 지냈던 것처럼 말이지.

그리하여 몽룡의 아버지는 경기도 과천과 전라도 임실에서 높은 벼슬자리를 옮겨 다니다가, 어느 해 어느 날에 전라도 남원 땅에 사또로 가게 되었것다. 사또로 가자마자 가난하고 약한 백성들의 편에서서 정치를 펼치니 백성들은 "경사났네, 경사났어" 하며 좋아하더라.

아버지를 따라 남원 땅으로 내려온 우리의 이몽룡 씨도 잠자고 밥을 먹는 시간을 빼고는 공부를 열심히 하는 아들이었는디. 때는 음력으로 5월 5일 단오날.

얼마나 날씨가 화창했것나. 공부하기 싫어서 몸이 근질근질해지기 시작한 것이지. 미치고 환장하기 일보직전이었것다. 소풍을 나가고 싶어서 방자를 불러 남원 땅의 경치에 대해 묻기 시작했는디.

"이 애, 방자야."

"예."

"이 고을에서 경치가 좋다고 소문난 곳이 그 어디냐."

"아, 공부하시는 도련님이 경치 좋은 곳은 알아서 어쩌시려오?"

"그건 네가 몰라서 하는 소리다. 옛날 으뜸가는 시인들은 경치 좋은 곳에 놀러가서 뛰어난 시를 많이 짓지 않았느냐. 나 또한 사내 대장부이자 글 읽기를 즐겨하는 선비. 놀면서 공부하는 게 어떻단 말이야. 머리도 식힐 겸 말이지. 잔소리 말고 어서어서 나갈 채비를 차려라."

이몽룡은 소풍을 가고야 말겠다고 결심을 했것다. 방자도 더 이상은 말릴 수 없어서 광한루를 소개하는디.

"도련님, 정 그러하옵시면 자세히 알려드리리다. 광한루라고 있습니다. 충청도와 경상도와 전라도를 통틀어 으뜸으로 아름다운 누각입니다."

"그러면 오늘 광한루 구경 가자."

우리의 이몽룡 씨는 아버지에게 외출 허락을 받으러 갔것다. 두 손을 공손히 모으고, 머리를 조아리며, 또박또박한 말투로 아뢰는디.

"오늘이 단오날이요, 날씨 화창하니, 잠시 밖에 나가서 놀다 들어오겠습니다."

그러자 아버지께서도,

"그리 하여라. 너는 한창 공부하고 있는 사람이니 경치를 보더라도
그냥 멀뚱멀뚱 놀지 말고 시를 짓는 훈련을 하거라."
하며 허락하셨는디.

광한루로 나가다

방자가 나귀에 안장을 얹는 모습을 보소.
나귀의 입에는 보라색 재갈을 씌우고, 가슴에는 붉은색 헝겊을 감아서 총천연색이로구나. 채찍에는 보석이 박혀 있고, 나귀를 탄 뒤 두 발을 딛는 말등자도 은실로 꿰맸기 때문에 보기 좋더라.

나귀만 보기 좋더냐. 도련님도 보기 좋다. 우유처럼 흰 피부, 긴 머리를 곱게 땋아 비단 댕기를 드리운 모습이 어여쁘다. 워낙 잘생겨서 아무 옷이나 입어도 잘 어울리는디, 고운 옷을 입으니까 왕자님처럼 더욱 잘생겨 보이는구나.

비단 저고리에 모시 바지, 오이씨같이 고운 발, 푸른 대님에 푸른 외출복, 거기에다 도포를 걸치고 가죽신을 신고 나귀에 선뜻 올라가니 예쁜 공주님에게 잘 어울리겠더라. 거기다 금가루를 뿌린 중국 부채를 좌르르 펼치니 꼬마 신선이 따로 없다.

"나귀를 붙들어라!"

드디어 출발! 도련님이 대문을 나서 큰 길로 나섰것다. 붉은 복숭아꽃이 뚝뚝뚝 떨어져 내려 땅에 수북이 쌓여 있으니, 나귀가 걸을 때마다 꽃 향기가 풀풀풀 사방으로 피어나것다. 도련님도 예쁘고, 나귀도 어여쁘니 그 누군들 이 광경을 사랑하지 않을 수 있으리.

마침내 광한루에 서부렁섭석[1] 도착했것다. 도련님은 나귀에서 내려 누각에 올라 위아래 동서남북 사방 팔방의 경치를 굽어보더라.

"이 애, 방자야. 처음 온 곳이라 어디가 어딘지 모르겠구나. 네가 좀 가르쳐다오."

방자가 손가락으로 경치를 가리키며 차례차례 가르치것다.

동쪽을 가리키며,

"저 건너 보이는 산이 지리산으로서 신선이 내려와서 노는 곳."

북쪽을 가리키며,

"교룡산성이 저기온디, 절이 많지요."

서쪽을 가리키며,

"삼국지에 나오는 촉나라의 유명한 장군 관우를 모신 사당이 저기에 있고."

남쪽을 가리키며,

"저 다리 이름은 오작교라 하옵니다."

이 말을 들은 도련님도 맞장구치는구나.

"네 말을 듣고 경치를 다시 보니 여기가 과연 인간이 사는 곳이냐, 신선이 사는 곳이로구나. 내 겨드랑이에 날개가 생겨나서 하늘 위를 훨훨 나는 듯한 느낌이 드는구나."

순간, 도련님의 얼굴은 어떤 아쉬움의 표정으로 가득 찼는디. 바로 이팔 청춘, 지금으로 말하자면 사춘기. 여자 친구가 없는 게 속상했던 게 틀림없으리라.

도련님은 "이 애, 방자야. 저것이 오작교라면 칠월 칠석에 견우와 직녀가 만나는 곳이 아니더냐. 내가 견우라면 과연 누가 직녀일까"라며 한숨을 짓더니, "아무튼 경치는 좋구나. 과연 아름다운 누각이로다"라고 감탄했것다.

"이 애, 방자야."

"예이."

"이렇게 좋은 곳에서 술 한 잔 마셔야 하지 않겠느냐. 술이나 한 상 차려 오너라."

방자가 술상을 대령, 도련님이 술을 홀짝홀짝 마셨것다. 술 기운이 돌아 흥이 나고, 드디어 시를 한 편 지었는디. 기다리고 기다리던 우리의 춘향이를 만날 것 같은 시를 지었것다.

오작교는 신선이 지나다니는 다리요
광한루는 구슬로 만든 누각이오
스스로 묻노니, 직녀는 누구일까
알겠노라, 나는 오늘 견우다

---

1) 서부렁섭석 : 힘들이지 않고 가볍게 움직이는 모습.

춘향이의 꿈

이것이 무슨 운명의 장난인고. 이 도령이 이 시를 짓기 전날에 춘향이도 어떤 꿈을 꾸었는데, 바로 이 도령을 만나게 될 것만 같은 꿈이었더라. 꿈의 내용은 이러하더라.

춘향이 광한루에 있었는데 바람이 불었다. 어여쁜 춘향의 몸이 깃털처럼 가볍게 공중으로 날아갔다. 멀리멀리 날아가서 구름을 뚫고 하늘로 올라갔다. 하늘 높이 올라가 어떤 이상한 곳에 이르렀다. 이때 한 아름다운 부인이 춘향을 부르더니, 무슨 글자가 적힌 쪽지를 주었다. 물론 한문으로 된 글이었다.

"네가 이 글의 뜻을 알겠느냐."

춘향이 황송한 마음으로 조심스럽게 쪽지를 받았다. 평소 공부를 열심히 한 춘향이는 그 정도 한문은 쉽게 읽을 수 있었다.

"인간 세상의 5월 5일(단오날)은 하늘나라의 칠월 칠석이노라."

그런데 칠월 칠석이 무엇이던가. 견우와 직녀가 만나는 날이 아닌가. 그렇다면 아름다운 부인이 건네 준 글의 뜻은 '5월 5일에 성춘향은 견우와 같은 천생 배필을 만난다'는 것이 아닐까.

　이때 춘향의 나이 열여섯 살. 애인이 생긴다는 꿈에 흥분해서 깨어났것다. 꿈에서 깨어나서는 '내 님은 어떻게 생겼을까' 생각하다가 그만 날이 밝았는디. 멀리서 해가 뜨자 춘향은 세수를 하고, 머리를 빗는 참이었것다.

　춘향의 어머니가 춘향이에게 다가왔것다.

　"오늘이 바로 단오날이로구나. 단오날에는 여자들은 그네를 뛰는 법이지. 향단이를 앞세우고 밖에 나가서 그네나 뛰고 놀다 오거라."

　춘향이는 얼마나 기뻤을고. 그렇지 않아도 밖으로 나가고 싶었던 참이엇는디, 어머니가 먼저 나가라고 말씀하시니. 춘향이는 아침을 먹은 뒤 꽃나무가 우거진 숲으로 나갔것다. 이때가 바로 이 도령이 광한루로 놀러 나온 때였는지라…….

　그네를 뛰려고 향단이를 앞세우고 내려가는 모습 보소.

　난초같이 고운 머리 두 귀를 눌러 곱게 땋아 금비녀를 바로 꽂고, 비단치마 두른 허리 다 피지 아니한 버들이 힘없이 드리운 자태더라.

　아름답고 고운 태도로 아장거려 흐늘거리며 가만가만 걸음을 옮기며 숲 속으로 들어가니. 녹음 방초 우거져 금잔디 좌르르 깔린 곳에 황금 같은 꾀꼬리는 쌍쌍이 오고 간다.

　이제 막 하늘같이 높은 그네에 몸을 실어 그네를 뛰려할 때. 홑단치마는 훨훨 벗어 나뭇가지에 걸어 두고, 섬섬 옥수 두 손으로 그넷줄을 감아쥐며, 버선 신은 두 발길로 살짝 올라 발 구른다.

　"향단아, 밀어라!"

　이 도령은 광한루를 거닐다가 문득 한 곳을 바라보게 된 것이었것다. 한 아름다운 여인이 꽃밭에서 어른어른거렸것다. 춘향이 그네 타는 모습이구나. 이 도령은 숨을 죽이고 중얼중얼거렸것다.

"달님인가 별님인가. 맵시 참 곱네. 섬섬 옥수 예쁜 손을 번뜻 들어 그네줄을 갈라잡네. 한 번 발을 구르자 앞이 높고, 두 번 발을 구르자 뒤가 멀어 앞뒤 점점 높아가네. 발 밑의 티끌은 바람 따라 흩날리고, 머리 위의 푸른 잎은 몸 따라 흔들. 푸른 옷에 붉은 치마가 바람결에 나부끼도다. 아름다워라, 저 모습."

이윽고 이 도령은 어안이 벙벙해지고 가슴은 울렁, 온몸의 힘줄과 뼈마디가 벌렁벌렁 떨리것다.

"이 애, 방자야."

눈치빠른 우리의 방자 녀석, 도련님이 춘향을 보고 넋이 빠진 줄을 눈치챘것다. 그러면서도 시치미를 뚝 떼어 "예이"라고만 대답하는 꼴 좀 봐라.

"저 건너 꽃나무 숲에서 울긋불긋 오락가락하는 게 사람이냐, 선녀냐."

방자, 알면서도 모르는 체 딴청을 피우것다.

"아니, 무얼 보라는 말씀이오? 소인의 눈에는 아무것도 보이지 않습니다요."

"아, 이놈아. 이리 와서 내 부채 끝이 가리키는 데를 보란 말이다."

"제 눈에는 부채도 안 보입니다요."

"저기 저기 들어간다, 들어가. 아니다, 아니다. 지금 막 나온다, 나와."

방자는 한술 더 뜨고 도련님을 놀리기 시작했것다.

"아, 그것으로 말씀드리면, 병든 새가 날개를 다듬느라고 두 날개를 쩍 벌리고 움쑥움쑥하는 것을 보고 그러시오?"

"네, 이놈. 내가 병든 새를 모르겠느냐?"

"아니, 그럼 무얼 보고 그러시오?"

"저기 올라간다, 올라가. 아니다, 아니다. 내려간다, 내려가."

방자는 계속 능청을 떨것다.

"아, 그게 다른 게 아니오라, 우리 집 숫나귀 고삐를 길게 매 놓았더니 암나귀를 보고는 이리 뛰고 저리 뛰는 걸 보고 그러시오?"

"네, 이놈. 내가 우리 집 나귀를 모를 이치가 있겠느냐!"

방자는 이제 아랫사람의 신분으로 양반을 너무 놀리는 게 미안해서 사실대로 말을 시작하것다.

"바로 월매의 딸 성춘향이라 하옵니다. 월매는 원래 기생이었는디, 나이가 많아서 기생을 그만두었지요. 그런데 기생의 딸은 역시 기생이 되어야 하는데 춘향이는 여자 노비 한 명을 돈을 주고 사서 기생일을 시키고 자기는 그냥 글공부나 하면서 지냅니다요. 춘향이는 얼굴도 예쁘고, 공부도 잘하고, 바느질과 길쌈도 잘해서 이 고을에서는 하늘나라 계수나무라고 부릅니다요."

이때 그네 타던 춘향이는 발을 굴러 높이 오르면 입으로 나뭇잎도 물어보고, 내려오면 손으로 꽃도 질끈 꺾어 머리에다 실근실근하다가 이제 그만 싫증이 났다.

"이 애, 향단아. 그네 바람이 독해서 정신이 어질어질하다. 그네 붙들어라."

짧은 이별, 긴 만남

양반 아들인 이몽룡은 성춘향이 기생의 딸이라는 말을 듣고도 꼭 사귀어 보고 싶은 마음이 들었는지라. 방자를 슬슬 꼬시기 시작했것다.

"이 애, 방자야. 기생의 딸이 저렇게 예쁘단 말이냐. 한번 사귀고 싶구나."

"안 됩니다."

"왜 안 된단 말이냐."

"꽃처럼 예쁘지요, 시인처럼 글을 잘 짓지요, 곧은 절개를 지니고 있는 아가씨입니다. 함부로 다루기 어려워서 제가 가서 부른다고 따라오거나 끌려올 여자가 아닙니다요."

"방자야, 너 참 무식하다. 세상의 금은 보화는 다 임자가 따로 있는 법이다. 춘향의 임자는 나다. 얼른 불러 오너라."

"그래도 안 됩니다요."

"왜 또 안 된다는 것이냐."

"춘향이의 엄마는 호랑이보다 무섭습니다요. 춘향이가 혹시 남정네와 연애할까 봐 문 밖에도 잘 내보내지도 않고, 남자들이 문 밖에서 얼씬거리면 소리를 바락바락 질러대며 쫓아냅니다요."

"이 애, 방자야. 춘향이는 이 고을 기생의 딸이고, 나는 이 고을 사또의 아들이다. 원래 기생은 사또의 말을 잘 들어야 하는 것 아니냐. 잔말 말고 불러 오너라."

"도련님이 정 그러시다가 춘향이의 어머니가 사또님께 고자질하면 어쩌시려고 그러오?"

이몽룡은 엄하신 아버님 이야기가 나오니까 겁이 나서 벌벌 떨기 시작했것다. 이제는 방자에게 명령을 하지 못하고 부탁하는 처지가 되었는디.

"이 애, 방자야. 그럼 어찌하면 좋겠느냐?"

"애시당초 안 되는 일이니 잊어버리시오."

이 도령과 방자가 이렇듯 옥신각신할 때, 춘향이는 그네를 뛰다 땅에 툭 내려서면서 도련님과 눈이 마주쳤것다.

춘향이가 눈을 가느다랗게 뜨고 도련님의 생긴 모습을 슬쩍 훔쳐 보았는디. 생기기도 잘생겼고, 온몸에서 맑은 기운이 흘러 넘치더라. 춘향이 깜짝 놀라 향단이에게 묻는디.

"향단아, 저 건너 누각 위에 서 있는 사람이 누구더냐?"

"방자가 옆에 서 있는 것을 보니, 이 고을 사또의 아드님인개비요."

그 말 들은 춘향이 갑자기 부끄러워하더라. 안절부절못하다가 그네를 놓고 집으로 돌아가는디. 도련님은 멍하니 춘향의 뒷모습만 바라보더라. 춘향이가 걷는 모습을 보고는 또 혼자말을 지껄이는디.

'춘향이 걷는 모습 보소. 가비얍게 걷는 걸음 걸음마다 꽃이 핀다. 홀연히 냇물을 건너니 자취가 사라지고, 달빛은 서쪽 산을 넘어 흘러가네.'

도련님은 어린 마음을 진정하지 못하고 영 정신나간 사람처럼 몸과 마음이 비틀거리는디.

"방자야."

"예."

"춘향이가 가고 없다."

"가고 없는디 어쩌란 말씀이오?"

"따라가자."

이리하여 이 도령과 방자는 서둘러 춘향이 가는 길을 따라잡것다. 이몽룡과 성춘향이 길에서 우뚝 만나자 두 사람은 첫눈에 가슴이 두근두근. 마음속에서는 천둥 번개가 치는 듯하더라. 방자가 춘향을 불러 세워 말을 건네는디.

"일이 났다."

춘향이 되묻기를.

"일이라니, 무슨 일?"

"사또 자제 도련님이 광한루에 오셨다가 너 노는 모양 보고 반하셨다."

춘향이 화를 내어,

"나는 지금 기생이 아니다. 남정네가 나를 함부로 부를 수도 없는 일이고, 부른다고 해서 내가 선뜻 따라 나서지도 않는다고 아뢰어라."

방자가 이 도령에게 이 말을 아뢰니, 이 도령은 더욱 마음이 애틋해졌것다. 남정네에게 쉽게 마음을 허락하지 않는 여인네가 더욱 아름다워 보이는 것이지.

이 도령이 춘향이를 더욱 가까이 보니 얼굴은 조촐해서 마치 학이 달빛 아래 흰 눈에서 노니는 것 같더라. 붉은 입술이 반쯤 열리니 치아는 별 같기도 하고, 구슬 같기도 하더라.

이러다가 눈빛이 마주치니 춘향은 새로 내린 비에 목욕을 한 제비가 사람을 보고 놀라는 표정. 달나라에 살던 선녀가 길을 잃어 이 땅에 내려온 듯한디.

춘향이도 살며시 고개를 들어 이 도령을 살펴보니 이 세상의 호걸이라. 이마가 높으니 소년 시절에 이름을 떨칠 관상. 이마와 코와 좌우의 광대뼈가 조화를 이루었으니 나라의 충신이 될 것만 같더라.

이때 이 도령이 춘향에게 다가가 입을 여는디.

"성씨가 같으면 장가들지 못하는 법이니 네 성은 무엇이며 나이는 몇 살이뇨?"

"성은 성씨이옵고, 나이는 열여섯이로소이다."

"허허, 그 말 반갑구나. 네 나이 들어 보니 나와 동갑. 이팔은 열여섯이로구나. 그러면 너의 부모 다 계시냐?"

"편모 슬하이로소이다."

"몇 형제나 되느냐?"

"무남 독녀 나 하나요."

"너도 귀한 딸이로구나."

이렇듯 몇 마디 나눈 뒤에 춘향은 돌아갔것다.

춘향의 집을 설명하는 방자

이 도령은 마음이 싱숭생숭하여 방자에게 춘향 집을 물어 보것
다. 방자는 다시 장난기가 발동하여 도련님을 놀리기 시작하
는디.

"도련님이 저보다 키가 작으시니, 저기 저 높은 데 올라가서 엄지
발로 괴고 서시오."

이 도령은 춘향이의 집이 보고 싶어서 방자가 시키는 그대로 따라
하것다.

"저 건너 저 건너, 저어기 저어기 저 건너."

이 도령은 애가 타서 말을 받는디.

"하, 이 녀석아. 저 건너 어디란 말이냐."

"저 건너 버드나무가 서 있는 다리가 보이지라. 물이 가득한 호수
에는 바람이 파문을 일으키고, 바람이 흘러가는 곳에는 꽃과 풀들이
화려하게 피어 있고, 나무에는 새들이 짝지어 노래하는 곳."

"거기냐?"

"끝까지 들어 보소. 그 옆에 모란꽃과 작약꽃이 흐드러지게 피어 있고, 바로 그 옆에 커다란 대문 있고, 그 앞에 연못 있고, 연못 옆에 는 축축 늘어진 버드나무 있고, 그 옆에는 들쭉나무, 그 옆에는 전나 무가 휘휘칭칭……."

"나 미치겠다. 빨리 춘향의 집만 말해라."

"도련님, 성미 참 급하시구료. 이제 다 왔으니 조금만 참으시오. 전 나무 옆에는 오동나무가 담장 밖으로 솟아 있고, 동쪽에는 대나무숲, 서쪽에는 소나무숲, 대나무숲과 소나무숲 사이로 어슴프레 보이는 것, 그게 바로 춘향의 집이로소이다."

"좋다 좋아. 대나무숲과 소나무숲 사이에 있는 집이란 말이지. 예 로부터 대나무는 절개의 상징이니, 내가 춘향이와 사귀면 춘향이가 고무신을 거꾸로 신을 염려는 없겠구나."

상사병에 걸린 이 도령

다시 집으로 돌아온 이 도령. 돌아오자마자 아버지 사또께 "다녀왔습니다"라는 말 한마디만 하고 공부방으로 들어갔것다. 하지만 책 읽기가 싫어졌것다. 글짓기도 귀찮아지고. 마치 비싼 물건을 잃어버린 듯한 어이없는 표정으로 답답해 하다가 방에 누워 버렸는디.

아직 더운 날씨도 아닌데 몸이 왜 그리 뜨거운지. 옷을 모두 벗어 던지고 이불 속으로 들어가 턱을 괴고 누웠것다. 잠시 눈을 감으니 춘향의 얼굴이 삼삼히 떠오르는디.

몸은 공부방에 있는데 마음은 광한루에 있더라. 눈 감으면 춘향이가 옆에 있는데 눈 뜨면 어디론가 간 곳 없네. 이리 보아도 춘향이의 얼굴, 저리 보아도 춘향이의 얼굴이 떠오르는디, 그게 바로 상사병이 아니것나. 창자가 다 끊어지는 듯, 오장 육부가 뒤틀리는 듯, 춘향이를 보지 않으면 미쳐서 죽을 것만 같더라.

"아이고, 나 못살겠네."

이몽룡은 드디어 방을 뒹굴뒹굴 구르며 소리를 내지르고 말았것다. 이 소리를 들은 방자가 쪼르르 달려오더니 "하늘이 무너졌소?"라고 묻더라. 이 도령은 춘향이를 보지 못하면 미쳐 버릴 것 같다는 말을 하고는 "춘향이에게 편지를 한 장 전해다오"라고 말했것다.

"도련님이 정 그러시다면 편지를 써 주시오. 되고 안 되기는 도련님 연분이옵고, 말 듣고 안 듣기는 춘향이의 마음이옵고, 편지를 전하고 안 전하기는 저의 마음이오니, 편지나 얼른 써 주시오."

이 도령이 두 무릎을 단정히 꿇고 앉아 편지를 쓰것다.

"도련님. 편히 앉아서 쓰시오."

"네가 모르는 말이다. 정신일도하사불성. 정신을 차리면 무슨 일인들 못 이루겠느냐. 마음을 모으면 쇠붙이도 뚫는다는 옛말도 있다. 정성을 들여 쓰면 춘향이가 꼭 감동할 거다."

방자는 도련님의 편지를 받아 춘향의 집으로 건너가면서 온갖 생각을 두루 하는데.

'내가 평소에 다니던 집이 아닌데……. 영문도 모르는 춘향의 어머니가 너 여기 왜 왔느냐고 물으면 무슨 말로 대답하랴. 편지를 가져다 주지 않으면 도련님이 상사병 걸려 죽을 것만 같고, 가져다 주자니 내가 춘향이 어머니에게 맞아 죽을 것만 같도다.'

방자, 이 일 저 일 생각하며 춘향의 집 앞에 당도했것다. 마침 향단이가 문 밖으로 나오니, 방자는 '야, 이거 일이 잘 되려부나'라며 속으로 쾌재를 불렀것다.

"향단아, 너 마침 잘 나왔다."

"무슨 일인감?"

방자가 향단이에게 편지를 꺼내 주며,

"너 이게 뭔지 알것냐?"

"내가 어찌 알 수 있단 말이냐?"

"이것이 바로 그거다."

"뭐? 연애 편지?"

이제야 눈치챈 향단이는 두려움에 떨면서 뒤로 주춤주춤 물러섰는디.

"우리 월매 마나님이 아시면 큰일난다. 어서 갖고 가거라."

"향단아, 너희 마나님 모르시게 살짝 전하면 되잖아. 그러면 우리 도련님이 큰 상을 내리시어 우리 두 사람이 남원 땅에서 편하게 지낼 수 있을지도 몰라."

평소 남모르게 방자에게 애정을 갖고 있던 향단이. 드디어 귀가 솔깃해서 편지를 받아들고 집으로 들어갔것다.

방자도 아무 탈 없이 편지를 전달한 기쁨에 집까지 한 걸음에 달음박질쳐서 왔것다. '이제 오나 저제 오나' 하며 목이 빠지도록 기다리던 이 도령이 묻것다.

"답장은 아니 해주더냐?"

"이제 곧 올 것이오."

이 도령 책 읽는 모습

도련님이 답장을 기다리는데, 시간은 왜 그리 천천히 흐르는지. 저녁상을 받고도 입맛이 없어 뜨는 둥 마는 둥. 방 안에 드러누워 오른쪽으로 돌아눕고, 왼쪽으로 돌아눕고.

반쯤 미쳐 발광하다가 마음을 추스리려고 이 책 저 책 뒤적이는디. 온갖 책을 다 꺼내 놓았는디. 『중용』『대학』『논어』『맹자』『시전』『주역』이며, 『고문진보』『사략』과 『이백』『두시』『천자』까지 다 내놓았구나.

하지만 마음은 벌써 춘향이하고 놀고 있으니 어찌 글이 읽힐쏘냐. 아무 책이나 아무렇게나 책장을 열어 노루글²⁾을 읽것다.

"하늘의 뜻을 성(性)이라 하고, 성을 따르는 것을 도(道)라 하며, 도를 닦는 것을 교(敎)라 한다.³⁾ 교라 하는 것은 오작교가 으뜸이요, 오작교에서 춘향이를 만났으면 좋겠구나. 음, 오작교 오작교라."

방자가 '오자죠'를 '왜 자꾸'라는 소리로 들었으니, 어찌 참견을 하지 않을 수 있으리오.

"도련님, 이게 웬 야단이시오? 도련님이 글 난리를 꾸미시다니요."

"이놈아, 잔소리 듣기 싫다. 굵직굵직한 글씨로 된 『천자문』을 가져오너라."

방자는 또 기어들며,

"도련님은 어찌 글재주가 점점 줄어드시오. 『천자문』은 코흘리개들이 읽는 책 아니오?"

"무식한 네가 나의 깊은 뜻을 어찌 알겠느냐. 『천자문』에 나오는 천 개의 글자는 사서 삼경의 기본이니라. 그 뜻을 알고 다시 읽으면 별별 맛이 다 나오느니라. 내가 읽을 터이니 한번 들어 봐라."

"좀 맛있는 글을 읽어 줍쇼."

"하늘 천(天) 따 지(地), 가마솥에 누룽지……. 해 뜨면 일하고 해지면 잠자네 날 일(日), 어렴풋한 달빛 아래에서 시를 한 수 지어 볼까 달 월(月), 다섯 수레에 책이 가득 차 있으니 사내 대장부로서 언제 그 책을 다 읽을까 찰 영(盈), 보름달도 때가 되면 기우는 것이니, 젊었을 때 공부를 열심히 해야만 한다 기울 측(側)……."

이 도령이 천자문의 뜻을 풀이해 주며 읽어 주자 방자도 재미있게 듣고 있는데. 도련님의 눈에는 갑자기 책 속에서 춘향이의 얼굴이 어른거렸것다. 그러자 천자문의 모든 글자가 춘향으로 보이기 시작했것다.

"여름 가을 겨울 지나 진달래가 피는 봄이 오니 내 마음이 이렇게 설레는구나 봄 춘(春), 봄이 되니 내 님의 고운 모습이 봄바람을 타고 꽃 향기와 함께 날아오는구나 향기 향(香)……."

도련님 입에서 춘향이라는 말이 나왔는데도 방자는 지그시 눈을 감고 시 한 수를 감상하듯 듣고만 있었것다.

도련님은 계속 천자문을 읽어 가다가 요상한 소리를 내뱉고 말았는디.

"보고 싶고 보고 싶고 우리 춘향 보고 싶고. 그네 뛰던 그 모습을 어서어서 보고 싶고. 걸음 걷던 그 태도를 어서어서 보고 싶고. 보고 싶고 보고 싶고……."

나중엔 목소리까지 커져서 그 소리가 사또의 귀에도 들리게 되었것다.

사또가 깜짝 놀라 아랫사람을 불렀것다.

"이리 오너라."

"예이."

"공부방에서 책 읽는 소리는 나지 않고 어느 놈이 침을 맞고 있느냐. 아니면 누군가가 힘센 놈에게 얻어 터지고 있느냐. 또 '보고 싶고'란 말이 무슨 소리인지 냉큼 알아보고 오너라."

사또의 잔심부름을 하는 남자 하인놈이 공부방으로 쏜살같이 달려가 도련님에게 묻기를,

"도련님은 무엇을 보고 싶어서 소리를 지르셨길래 사또님을 놀라게 하셨오?"

도련님, 이 말을 듣더니,

"야속한 일이로다. 다른 집 어른들은 나이를 잡수실수록 귀가 차차 어두워지는 법이거늘, 우리 집 어른은 늙으실수록 귀가 점점 밝아지는 모양이구나."

이렇게 말했다는 사람도 있으나 이는 잠시 웃자고 지어낸 이야기

요, 공부 잘하고 착한 이몽룡이 그럴 리가 있으리오. 사실을 말하자면 도련님은 이렇게 말했다고 전해지는디.

"내가 공자님이 말씀하신 『논어』를 읽다가 '차호라 오쇠야 몽불견 주공'⁴⁾이라는 구절을 읽다가 소리가 높아졌다고 여쭈어라."

심부름꾼이 이 말을 그대로 사또에게 전하자 사또는 기뻐했것다.

'우리 아들 녀석이 공자님과 주나라의 훌륭한 임금님을 보고 싶다고 한 것이로구나.'

하고 받아들였것다.

사또, 기쁜 마음에 지나가는 이방을 보더니,

"여봐라, 이방"

하고 불러 세우는디.

"자네 듣게."

"들으시라니 듣지요."

"기특하단 말이야."

"아무렴 기특하지요."

"거 묘해."

"거 묘하지요."

"재주가 뛰어나거든."

"재주가 뛰어나지요."

아부를 잘하는 이방은 무조건 사또의 말을 옳다고 하는 사람이었것다. 사또의 말이라면 앵무새처럼 따라하는 양반이었는디.

"자네, 내가 누구에 대한 말을 하는 줄 알고 대답을 그리 부지런하게 하는고?"

"사또께서는 누구에 대한 말을 그리 부지런히 하시오?"

"아, 이 사람아. 우리 몽룡이 말이야."

"사또께서 몽룡 도련님 말이라면 저도 몽룡 도련님 말이지요."

사또와 이방이 말장난을 하는 중에 드디어 춘향의 편지가 도착하는디.

---

2) 노루글 : 노루가 이리저리 뛰놀 듯이 듬성듬성 읽어 내려가는 글.

3) 사서 삼경의 하나인 『중용』의 첫머리.

4) 嗟呼 吾衰也 夢不見周公 : 아아, 내가 늙었구나. 꿈에 주나라 임금님을 뵙지 못하다니
(『논어』의 한 구절. 공자는 어렸을 적부터 제사를 지내는 소꿉놀이를 하였으며, 커서는
매일밤 정치를 잘한 주나라 임금님에 대한 꿈을 꿨다고 한다. 그러던 어느 날 주나라
임금님이 꿈속에 나타나지 않자 공자가 자신의 정신 상태가 풀어졌음을 탄식한 말).

춘향의 편지

방자에게서 받은 편지를 향단이는 춘향에게 건네 주었다.
"너, 이 편지를 어디서 갖고 왔느냐?"
"봉선화 따러 대문 밖에 나갔다가 방자가 주길래 받아 왔어요."
"이 편지 가져올 때 마나님이 보았느냐?"
"아니오, 마나님 모르게 살짝 가져왔어요."
춘향이는 꿈속에서 단오날 견우를 만날 거라는 꿈이 떠오르고, 낮에 본 이 도령의 모습도 싫지는 않았던지라 편지를 읽었것다. 글씨도 잘 쓰고, 문장도 좋아서 더욱 이 도령을 좋아하는 마음이 생겼것다.
하여 어머니 몰래 답장을 써서 향단이에게 주었것다. 향단이는 헐레벌떡 뛰어가서 도련님네 집에 도착했것다. 이 도령이 떨리는 마음으로 편지를 읽어 보니 내용인즉슨,

풍류를 즐기는 열여섯 살 낭군님은

보름날 밤의 밝은 달님이어라
소녀의 마음이 기다리는 곳은
영롱한 두 그루 소나무 그늘 아래인 것을

까막눈인 방자가 힐끗 훔쳐보더니,
"도련님, 이게 무슨 소리요?"
도련님이 소리 없이 웃으며 향단이에게 묻는디,
"너희 집에 소나무 두 그루가 서 있는 곳이 있느냐?"
"예, 연못 앞에 두 그루 있사옵니다."
"영락없다. 내가 보름달이라는 것은 보름날 밤에 만나자는 뜻이요, 춘향의 마음이 소나무 아래에 있다는 뜻은 보름날 밤 소나무 그늘 아래에서 기다리겠다는 뜻이로다."
이 도령이 향단이를 보낸 뒤, 약속 시간까지 거의 미친 사람처럼 오직 춘향만을 생각하며 시간을 보냈것다.

방자야, 해 좀 보아라

이 육고 보름날. 이 도령은 해가 뜨기 전부터 일어나 얼른 달이 뜨기를 기다렸겄다. 방자를 불러 창문 앞에 앉혀 놓고 해가 졌는지 안 졌는지를 귀찮도록 물어 보는다.

"이 애, 방자야. 이 애, 방자야. 해가 어디만큼 갔는지 알아보아라."

"아니, 도련님. 아직 동도 트지 않았습니다요."

"그래도 해 좀 보아라."

"이제 해가 조금 돋소."

"이제 해가 조금 돋으면 언제 달이 돋는단 말이냐. 놀 때는 하루 해가 어찌 그리 짧더니만, 오늘 해는 숨바꼭질을 하느냐. 머리털도 안 보여주고 말이지."

사랑하는 님을 보고 싶어서 안달복달하는 우리의 이 도령, 고양이가 쥐를 가지고 놀 듯 애꿎게 방자만 괴롭히는디, 방자라고 당하고만 살 위인이더냐. 슬금슬금 이 도령을 약 올리것다.

"이 애, 방자야. 해가 어디만큼 갔나 보아라. 오늘 해는 어찌 이리 쉬엄쉬엄 지나가냐."

"좀 기다려 보소. 이제 해가 돋기 시작하오."

"이놈이 사람 죽일 놈 아니냐. 아까도 해가 조금 돋았다고 말하지 않았느냐?"

"아따. 성질도 급하시긴. 해가 돋을려고 했는디, 뜻밖에 바람이 불어서 해를 다시 동쪽으로 쭈르르르 밀어 버렸소. 해가 바다에 척하니 처박히는 모습을 도련님은 못 보셨수? 도련님 이제 다시 해가 돋소. 어머니가 아기를 낳을 때처럼 해가 머리를 보이기 시작했수."

"하, 답답하다. 이제 몇 시나 되었느냐?"

"해가 인제 오시[5]쯤 되었소."

"하, 답답하다. 이제 몇 시나 되었느냐?"

"해가 인제 육시쯤 되었소."

"이놈이 나를 놀리네. 오시 다음은 미시이지 어찌 육시가 있느냐."

"아, 도련님이 모르는 말씀. 오시 다음은 육시 아니겠소?"

"그래, 니놈 유식하다. 니놈이랑 말장난하기 싫으니 어서어서 해가 어디쯤 갔는지나 잘 보아라."

도련님이 마음 답답하여 드디어 방문을 꽉 열어제끼고 마루로 나와서 하늘을 쳐다보것다. 해는 하늘 한가운데 떠 있고, 보름달님은 보이지를 않고. 도련님은 똥 마려운 강아지처럼 마루를 빙빙 돌아다니다가 길게 탄식을 하는디.

"축지법은 땅의 거리를 단축하여 먼길을 단숨에 갈 수 있는 능력. 아아 내가 축천법을 배웠다면……. 저 하늘을 축소시켜 해를 빨리빨리 지나가게 만들 수 있을 것을…….

아니면 내가 활 잘 쏘는 명궁이면 좋겠네. 옛날옛날 먼 옛날에 하늘에 태양 열 개가 한꺼번에 나타나니 한 명궁이 활을 쏘아 아홉 개의 태양을 떨어뜨렸다는 말이 있것다. 나도 저놈의 태양을 활로 쏘아 없애고 싶구나.

자비로우신 보살님, 하느님 아버지, 천지신명이시여.

다음부터 말 잘 듣겠나이다. 저 해가 빨리 서쪽으로 넘어가도록 도와주소서. 이 소년, 춘향이가 보고 싶습니다."

그렁저렁 해가 저물어 황혼이 되었것다. 도련님, 기다림에 지친 기색도 없이 좋아하더라. 그런데, 이 저녁에 어떻게 집 밖을 나갈 수 있으랴. 엄하신 아버님께 무슨 거짓말을 하고 밖으로 나간단 말이냐. 하는 수 없지. 아버님 몰래 담 넘어 나가야지.

"이 애, 방자야. 아버님 방에 불이 안 꺼졌나 보고 오너라."

"아따 이 초저녁에 벌써 불을 끄셨겠습니까? 아예 제가 사또님께 '언제 불 끄고 주무시렵니까? 그래야 도련님이 집 밖으로 나가실 텐데요'라고 여쭙고 올깝쇼?"

"이 자식, 철모르는 소리. 그랬다간 나 맞아 죽게? 그러지 말고 슬금 엿보고 오란 말이다."

방자가 충충충충 다녀와서 도련님을 놀릴 속셈으로 거짓말을 하것다.

"도련님, 다 틀렸소."

"어찌 되었길래?"

"사또께서 오늘 저녁에 잔치를 벌이시고 밤새도록 노신다고 그러오. 지금 잔치 음식 만드느라고 음식을 지지고 볶는 냄새가 천하를 진동하는디, 도련님은 그저 춘향이 보고 싶은 마음에 그 냄새도 안 나오?"

하루 종일 참고 참았던 이 도령. 드디어 땅바닥에 털버덕 주저앉는 디, 그 모습은 마치 산이 무너지듯, 화살 맞은 짐승이 쓰러지듯, 백정 의 도끼에 소가 무릎 꿇는 모습이더라. 가슴도 콱 막히고, 눈물도 핑 돌고. 엉엉 울며 하는 말이,

"어찌 우리 집안에는 아버지와 아들 간에 신호가 안 통하냐."

방자는 옆에서 킬킬킬킬 웃기만 하더라.

---

5) 오시(午時) : 오전 11시에서 오후 1시 사이. 옛날에는 12간지에 따라 밤 11시에서 1시 사이를 '자시'라고 하고, 이어서 두 시간 단위로 축시-인시-묘시-진 시-사시-오시-미시 등으로 불렀다. 따라서 오시 다음은 육시가 아니라 미시이다.

춘향의 집을 찾아가는 이몽룡

이윽고 "하인 물려라"라는 소리가 들리것다. 이는 관청에서 모든 업무가 끝났으니 모두들 퇴근해도 괜찮다는 소리. 도련님은 마구 울다가 갑자기 웃음을 터뜨리것다.

방자를 불러서는 머리에 꿀밤을 한 대 놓고는 담을 넘어 춘향의 집으로 건너간다.

춘향의 집 앞에 당도한 이 도령. 남에게 들키면 아버지 사또에게 혼쭐이 나는 만큼, 사방을 살피며 대문 쪽으로 들어서것다. 역시 춘향의 편지 내용대로 동쪽에는 대나무숲이요, 그 앞에는 연못이 있고, 연못가의 오동나무는 푸른 바람을 품고 있는 듯.

오동나무에서 한 줄기 바람이 뿜어져 나오자 오동나무 꼭대기에서 잠자던 학 한 마리가 놀라 깨어나것다. 학은 곧 왼쪽 날개는 몸에 붙이고 오른쪽 날개를 반쯤만 편 자세로, 뚜루루루 끼룩 울어대더라. 아무 일도 아닌 것을 금세 알아차린 학은 다시 징검구붓[6]하며 잠을 청하더라. 차츰차츰 집 안으로 들어갈 때, 춘향이는 촛불 아래에서 책을 읽고 있었는디, 그 책이 바로 『시경』이더라. 『시경』이라는 책은 시집이 아니더냐. 공자님이 100번도 더 읽은 책. 종이에는 손때가 묻고, 책 표지는 거덜나고, 나중에는 책을 묶은 실이 끊어져 여러 번 다시 묶었다는 유명한 책.

이 도령이 춘향의 방 앞에 도착했는디 춘향이는 그것도 모르고 낭랑한 목소리로 시를 읊고 있더라. 내용인즉슨 농촌 풍경을 수채화처럼 맑고 투명하게 그려낸 시였더라. 그 소리 반갑고도 아름다워라.

이렇듯 이 도령이 춘향의 시 읊는 소리에 귀를 기울이고 있을 때, 소나무 밑에 숨어 있던 향단이가 나오는디. 두 도둑이 남의 집에 들어가듯 슬금슬금 춘향의 방문을 열었것다.

"애기씨, 도련님 나오셨오."

춘향이는 짐짓 놀라는 체를 하며 부스스 일어서서 도련님을 아랫목으로 모셨것다. 도련님이 자리에 앉았으되 태어나서 처음으로 어머니 아닌 여자와 한 방에 있고 보니 마음이 얼마나 떨리겠나. 고개도 뻑뻑해지고 마른침도 꼴깍 넘어가니……. 딴전을 피우느라 춘향의 방을 휘 둘러보것다.

6) 징검구붓 : 가끔씩 고개를 숙이는 모습.

춘향의 방 풍경

벽에는 이런저런 그림과 글씨가 있구나. 동쪽 벽을 바라보니 여러 신선들이 길고도 흰 수염을 휘날리며 한가롭게 노는 모습이 그려져 있고, 서쪽 벽을 바라보니 눈썹이 흰 노인네들이 바둑판을 앞에 두고 흰 바둑돌 검은 바둑돌 한점 한점 놓아 가는 모습인디.

남쪽 벽을 바라보니 『삼국지』의 주인공들인 유비, 관우, 장비가 활쏘기 훈련을 하는 모습이렷다. 그 그림 좀 보소. 유비, 관우, 장비가 하늘을 날아가는 큰 기러기를 쏠 태세로 큰 활을 들었것다.

천천히 두 팔을 벌리며 숨을 내쉬고, 이윽고 배에는 잔뜩 힘을 주고 숨을 멈추었것다. 하늘도 땅도 긴장하여 천지간에 긴장이 감도는데. 기어이 활을 쏘니 번개같이 빠른 화살이 수루루루 날아간다.

수루루루…….

수루루루…….

화살이 날아가서 기러기 눈깔에 사정없이 꽂혀 들어, 기러기는 하늘에서 빙빙 돌며 땅으로 떨어지더라.

북쪽 벽을 바라보니 아름다운 한 폭 풍경화더라. 밤비가 그쳐 더욱 맑아진 강물 구비구비에는 달빛이 휘영청 비치고, 고요한 대나무숲 속에서는 흰 옷을 입은 두 여인네가 가야금을 무릎 위에 올려 놓고 술기덩술덩 타는 모습이 뚜렷이 그려져 있네.

이 도령 사방을 휘휘 둘러보다가 더 이상 눈을 둘 곳이 없어지자 이제는 춘향의 책상을 바라보았는디. 거기에는 춘향이가 지은 시가 한 수 놓여 있더라.

> 봄에는 비 맞으며 대나무를 심고 지고
> 밤에는 밤새도록 향 피우며 글 읽는다

이 도령은 숫사람[7]인지라 춘향이 앞에서 여전히 속이 울렁울렁, 가슴은 두근두근. 아직 인사말도 나누지 못했는데 말문이 콱 막혀서 벙어리처럼 어버버버. 까딱하다 퇴짜 맞으면 어찌하나. 자칫하면 약점 잡혀 다음번에 춘향이가 안 만나 준다고 하면 또 어쩌나.

이런저런 생각끝에 서로 관심 있는 분야에 대해 먼저 이야기하는 게 좋겠다는 생각이 들었것다. 그것은 다름 아닌 공부였것다.

"춘향아. 너의 답장을 보고 아까 시를 읽는 소리를 들으니까 아녀자의 몸으로는 공부를 많이 했더구나. 특히 시 공부를 많이 한 모양이더구나."

춘향이 대답하여,

"밤은 길고 잠은 없어서 책을 들여다보고 있어요. 눈으로는 책을 열심히 읽지만, 그 깊은 뜻을 제가 알기나 하겠어요?"

춘향이 겸손하게 말을 하고, 책 이야기며 시 이야기가 나오니까 이 도령의 말문이 열리기 시작했것다.

"우리의 만남은 운명이니라."

"어찌해서요?"

"우선 나 있던 곳은 한양이요, 너 있는 곳은 남원이 아니냐. 내가 남원으로 온 일이 우선 예사로운 일이 아니로다."

"그리구요?"

"내가 남원에 와서는 바깥 출입을 하지 않고 글만 읽었는데, 처음 바깥 구경을 간 곳이 광한루가 아니더냐. 그때 마침 한 처녀도 그네를 뛰러 광한루로 나온 일 또한 예사로운 일이 아니로다."

"또 그리구요?"

"아까 방자에게 들어보니 우리 나이가 동갑이 아니더냐. 이 정도면 우리 만남은 하늘의 뜻일지니 우리의 인연은 넘치고도 넘치는 일이라 할 수 있겠다."

그러나 춘향의 얼굴은 어두운 기색이 가득한디.

"도련님, 들으시오. 도련님은 양반 출신 귀공자요, 저는 미천한 기생의 딸입니다. 도련님은 봄나비처럼 꽃을 찾아 이 꽃 저 꽃 날아다닐 수 있으련만, 저는 여자된 몸으로써 날아다닐 수는 없는 일. 도련님이 떠나시면 한평생 가련해질 이 신세는 어쩌려오. 또 제가 비록 미천한 집안에서 태어난 몸이지만 민들레처럼 일편 단심을 각오하고 있는데 도련님이 떠나시면 이 신세는 어쩌려오."

도련님 들으시고 맞는 말이라 여겨졌것다.

"네 말 들으니 그 말 옳다. 하지만 경솔한 남자나 여자를 버리는 것. 사내 대장부가 어찌 여자를 버리겠느냐. 네가 나를 믿지 못하겠다면 너를 평생 잊지 않겠다는 뜻을 글로 써서 남겨 두마."

이 도령은 먹을 갈고, 붓에 먹물을 묻혀, 비단에 사랑을 맹세하는 시를 한 줄 적었것다. 그러더니 방 밖에 있는 방자를 불러 말을 하는디.

"나는 오늘 늦을 것이니, 너 먼저 돌아가거라. 나갈 때 춘향의 어머니께 들키지 말 것이며, 들어갈 때 사또께 들키지 말 것이로다."

"예. 소인 걱정은 하지 마시고 도련님 일이나 잘 살피소서."

방자가 이 말을 끝내고 충충충충 걸어가니 마루 밑 삽살개가 컹컹 짖것다. 이제야 춘향의 어머니가 치마끈을 졸라매며 닫힌 문을 발로 툭 차서 열더라. 보이는 것은 개 한 마리.

"왜 이리 짖느냐, 워리워리."

개가 짖는 곳을 바라보니 방자의 뒷모습이 눈에 띄더라.

"아이고, 저 도둑놈 왔구나. 네 이 도둑놈아. 우리 집에 늙은 과부와 예쁜 처녀만 살고 있는데 왜 얼씬거리느냐. 우리 딸의 행실이 얼마나 높은데 네가 감히 넘보는 것이냐, 이 칙칙한 도둑놈아. 오밤중에 까닭 없이 처녀 방에 얼씬거리면 죽을 줄 알아라, 이 도둑놈아."

한밤중에 소리를 버럭 지르니 향단이가 뛰어나오면서,

"어떤 놈이 들어왔길래 마나님이 이리 큰 걱정을 하시어요?"

춘향 어머니가 향단이를 보더니,

"너는 어찌 달만 밝으면 잠은 안 자고 목탁을 잃어버린 스님처럼 온 동네를 왔다 갔다 하느냐, 이 몹쓸 것. 애인이라도 사귀고 싶은 거냐, 이 몹쓸 것. 썩 들어가거라, 이 몹쓸 것."

이리하여 춘향의 어머니와 향단이는 건넌방으로 들어갔것다.

자, 이 도령과 성춘향. 단둘이 방 안에 앉았으니 무슨 일이 벌어질꼬. 혈기왕성한 청춘 남자 청춘 여자. 그 일이 어찌 될 일이냐? 이날 밤 이루어진 일을 다 말해 줄 수도 없으니 안타깝도다.

---

7) 숫사람 : 거짓이 없고 순박한 사내.

부끄러워하는 춘향이

도련님은 급한 마음에 앞뒤 없이 다짜고짜 춘향에게 다가갔것
다. 춘향이는 엉덩이를 빼며 물러섰것다. 도련님이 또 다가갔
것다. 춘향이는 또 물러섰것다. 그렇게 쫓고 쫓기듯 방을 한 바퀴 두
바퀴 뺑뺑 돌다가, 드디어 도련님이 노래를 부르듯 말을 하는디.

"이리 오너라, 이리 오너라, 춘향아. 밤이 깊다, 춥지 않느냐."

춘향은 그래도 부끄러워 실쭉샐쭉. 이번엔 도련님이 뭉그적뭉그적
손을 뻗쳐 춘향의 손을 잡으려 하것다. 또 도망가는 춘향이의 손. 에
라 모르겠다!

덥썩! 도련님이 한 손으로 춘향의 머리를 만지고, 다른 한 손으로
는 춘향의 앳된 목을 휘감았것다. 이러니 이 도령이 춘향을 담쑥 안
은 모습이더라. 춘향이의 표정은 도대체 싫은 건지 좋은 건지 알 수
없더라. 춘향이 실눈을 뜬 채 새침떼기의 말투로 이 도령에게,

"사또님이 아시면 어쩌시려고 이러시오?"

"오냐, 사또님은 걱정 마라. 사또님은 내 나이 때에 이미 장가를 가셨더란다. 나보다 더 했으면 더 했지, 못 하지는 않으셨다."

이 도령은 춘향이 벗어 놓은 옷 위에 자기의 윗도리를 벗어 놓으니, 그 옷들이 마치 이 도령과 춘향이의 사이처럼 다정하게 보이더라. 둘이 서로 정겹게 지금까지 살아온 이야기며, 지금까지 읽은 책이야기를 하니, 쏜살같이 시간이 흐르더라.

어느새 동쪽 창문이 희번히 밝아 오것다. 향단이는 밤새도록 춘향 아씨가 걱정되어 잠못 이루다가 벌떡 일어나 춘향의 방 앞으로 슬슬 기어와서는 혼자말처럼 중얼거리는디.

"날이 벌써 밝았네. 해가 이미 중천에 떴네."

춘향과 이 도령이 이 말을 듣고 깜짝 놀라,

"이제 집에 가야겠다."

"빨리 가세요."

라며 말을 주고받았지만, 꼭 잡은 두 손을 떼어놓지 못하며 작별을 아쉬워하더라.

"우리가 이러다가 소문나면 남들에게 비웃음을 당하겠구나. 오늘 밤에 다시 올 터이니 기다리고 있거라."

도련님은 도둑고양이처럼 집으로 돌아와 누웠것다. 춘향이도 그제 야 잠자리에 들었것다. 그런디 어찌 잠이 오것냐. 둘 다 님을 만난 기쁨에 이리 뒹굴, 저리 뒹굴.

아침이 넘어서야 잠이 들어서 호랑이가 잡아가도 모르도록 한없이 깊은 잠을 늦도록 자는구나.

본래 춘향이는 아침 일찍 일어나 세수하고 머리 감고 옷을 단정히 입은 뒤 어머니께 문안 인사를 드리는 게 버릇처럼 돼 있는 아이인 디, 그날은 해가 중천에 뜨도록 인기척이 없더라.

그리하여 춘향의 어머니가 춘향이를 수상히 여겨 춘향이 자는 방문을 가만가만 열고 들어갔것다. 춘향이의 자는 얼굴을 들여다보던 춘향 어머니는 깜짝 놀라게 되었는디. 왜냐하면 춘향이가 아닌 다른 아이가 누워 있는 것처럼 보였던 것이었것다.

그 곱던 춘향의 얼굴은 간데없고 반쪽이나 여윈 얼굴. 새로 핀 꽃봉오리처럼 어여쁘던 춘향의 얼굴은 간데없고 꽃샘추위 바람 맞은 꽃처럼 오그라든 얼굴.

번듯하게 다려 입은 춘향의 옷은 간데없고 잔바람에 호수의 물결이 출렁이듯 꼬기작꼬기작 잔주름이 생긴 옷.

춘향의 어머니는 화가 나서 밖으로 우르르 나왔것다. 부엌에서 몽둥이 하나를 찾아들고 "향단이, 이년. 향단이, 이년" 하며 향단이를 불렀것다. 향단이가 쪼르르 나오자 춘향 어머니는 향단이의 머리채를 감아쥐고는,

"네 요년, 말해라. 바른 대로 말하면 목숨이 이어지거니와 만일 그렇지 않으면 살아남지 못하리라. 지난밤에 애기씨한테 무슨 일이 있었는지 솔직히 말하여라. 네가 모를 리 없겠지?"

이렇듯 야단치고 호통치니 향단이 겁을 잔뜩 먹었것다.

"마나님, 진정하시고 제 말씀을 들어보셔요. 간밤에 애기씨와 제가 바느질을 하는데, 사또 도련님이 나오셔서 애기씨와 말을 나누고자 하시길래 저는 제 방으로 들어왔어요. 그 뒷일은 어찌 되었는지 모르는구만요."

춘향의 어머니는 깜짝 놀라 자리에 주저앉는가 싶더니 오뚜기처럼 벌떡 일어나 다시 향단이를 추궁하것다.

"아이고, 일을 당했구나, 당했어. 이년아, 그 도련님이 까닭 없이 오셨을까. 네년이 중간에서 노랑수건[8] 노릇을 했지?"

그러면서 몽둥이로 내려치려 하니 향단이가 몸을 피하며,

"아이고, 마나님. 애기씨와 제가 잘못한 게 아니라 마나님이 잘못한 허물로 이리 된 일이지요."

"아따, 이년들아. 일은 너희가 저질러 놓고 젖은 옷 벗겨서 나에게 입히네그려. 어째서 허물을 남에게 뒤집어씌우느냐?"

"말씀인즉슨 이러합니다요. 당초에 애기씨는 그네를 뛰러 갈 마음이 없었는데 마나님이 가라고 가라고 보채서 그렇게 된 것이니, 마나님 책임이지요. 하나는 글 잘 짓는 선비요, 다른 하나는 글 잘 읽는 재주 있는 여자인 데 광한루에서 딱 만나게 됐으니, 결국은 마나님이 시킨 일이자 하늘에서 내린 배필이니 너무 분하게 여기지 마십시오."

춘향의 어머니가 들어 보니 그럴 듯하게 느껴져,

"이년아 듣기 싫다, 그만해라. 애기씨를 깨워라. 어찌 된 사연인지 들어나 보자."

향단이 들어가 춘향을 깨워 앉혀 마나님께 탄로난 이야기를 다 들려 주니, 춘향이가 겁을 내며 어머니 앞에 나와 벌벌 떨더라.

---

8) 노랑수건 : 남자와 여자 사이의 관계를 맺어 주는 역할.

월매의 한탄

춘 향의 어머니는 설움이 복받치어 춘향을 물끄러미 바라보다 두 눈에 눈물이 맺히더니 통곡을 하것다.

"네, 이 천하에 무심한 년아. 늙은 이 에미는 너만 믿고 살았는데 너 그럴 줄 내 몰랐다. 뒤늦게 너를 얻고 네 아버지 돌아가시니, 우리에게 형제가 있느냐, 친척이 있느냐.

입김만 불어도 날아갈까, 손에 꼭 쥐어도 으스러질까, 너 하나만을 애지중지 키웠건만 오늘 일이 웬일이냐. 좋은 사위 맞아들여 내 늙은 나이에 덕을 볼까 했더니만 오늘 일을 당하고 보니 앞날 일을 알겠구나. 칠십 먹은 이 늙은 년이 누굴 믿고 산단 말이냐."

춘향의 어머니가 이러고 앉아 울어대니, 춘향이도 울고 향단이도 따라 울고, 한 집안 세 식구가 울음바다를 이루는구나. 춘향 어머니는 소리소리 울다가 춘향과 향단이도 우는 것을 보더니 아무래도 어른이 일을 수습해야겠다는 생각이 들어 방바닥을 탕 치것다.

"워라워라, 시끄럽다. 울어도 소용 없고 한탄해도 쓸데없다. 소 홍정처럼 물릴 수도 없는 노릇. 이왕지사 일이 이리 되었으니 좋은 만남 이뤄 보세."

이리하여 춘향 어머니는 아예 이 도령을 사위로 만들 작전을 꾸미것다.

"다른 도령도 아니고 이 고을 사또 자제라 하였으니 이제 울음 뚝 그치자. 도련님이 나도 몰래 어젯밤에 밤늦도록 오셨으니 오죽 배가 고팠겠느냐. 오늘 다시 오신다니 오시려면 일찍 오시라고, 향단이 네가 가서 아뢰어라. 그리고 향단아, 애기씨도 간밤에 잠 못 잤으니 오죽 속이 쓰리것냐. 쇠고기 두어 근 받아다가 즙을 내어 드려라."

결국 초상집 분위기가 한순간에 잔칫집 분위기로 바뀌는디. 모두들 힘을 내어 음식을 장만하며 해가 지기를 기다리더라. 춘향보다 춘향의 어머니가 이 도령을 더욱 기다리더라.

도련님은 그날 밤에 다시 오마 약속을 했는지라 해 저물어 다시 춘향의 집으로 향했는디. 한 걸음에 춘향의 집에 들어서질 못하고 대문 밖에서 집 잃은 개처럼 서성거리것다. 그 모습은 또 도둑이 담을 넘을까 말까 망설이며 주저하는 것 같기도 하더라.

춘향이 그런 낌새를 눈치채고 향단이를 가만히 문 밖으로 내보내어 도련님을 불러들여 방으로 모셨것다. 춘향의 어머니도 벌써 이 도령이 온 줄 알고 춘향의 방문을 빼꼼히 열고는 도련님께 하는 말이,

"하상견지만만."⁹⁾

문자를 써서 과연 도련님이 연애만 즐겨 하는 한량인지, 공부를 많이 한 도령인지를 살펴것다. 이에 도련님도 멈칫거림 없이 단번에 응수를 하는디,

"금야견지의외."¹⁰⁾

라고 하더라.

이에 춘향의 어머니는 다소 안심이 되어서 이 도령을 사위로 맞으려는 술상을 차리는디, 그 술상 참으로 상다리가 휘겠구나.

상에는 강진향을 피웠는디, 강진향이 무엇이다냐. 향불을 피우면 그 냄새가 하도 좋아 하늘에서 신들이 냄새 따라 이 땅으로 내려온다는 그 향.

거기에다 충남 금산 땅에서 나오는 사금으로 만든 그릇이 번쩍번쩍. 먹을 것도 참 많다. 오이부침개, 꽃부침개, 달걀 요리, 새알 요리, 그 앞에 생선전, 고기전, 양지머리, 차돌백이를 풀잎같이 얇게 저며 보기 좋게 괴어 놓고.

부침개와 전뿐이랴. 생밤에 삶은 밤, 은행, 대추, 사과, 배, 곶감, 호도 곁들이고. 천엽, 콩팥, 양간, 육회, 전복, 해삼, 멍게, 농어회에 겨자와 초고추장도 곁들이고. 먹을 것도 많거니와 예쁘게도 꾸며 놨다. 문어회에는 국화와 매화 잎을 붙여 놓아 벌과 나비가 날아들 듯 하고, 전복죽에는 전복으로 봉황의 모습을 오려 놓아 바닷속에서 학이 솟아오르는 듯하고, 영계 백숙에는 갈잎을 띄워 놓아 닭 날개가 아름답다.

술도 참 가지각색. 푸른 병에는 계피와 진피와 정향 등 몸에 좋은 모든 것을 넣어 만든 술, 붉은 병에는 천년 묵은 구렁이를 담가 놓은 술, 노란 병에는 이슬처럼 맑고 빛나는 술. 이름하여 자하주(이슬을 받아 만든 술), 과하주(소주와 약주를 섞어 빚어 여름 내내 익힌 술), 방문주(특별한 비법으로 특별한 물건을 넣어 만든 술)도 있더라.

이렇듯 부산하게 차려 놓고도 월매 왈,

"졸지에 차리느라 잡수실 것은 없사오나 이 술이 경사 때 마시는 술이오니 우리 한잔 먹읍시다."

이에 이 도령이 술 한 잔을 따라 들고 춘향에게 건네 주며,

"내 말 들어라. 첫 잔은 인사주요, 둘째 잔은 우리가 하나가 된다는 뜻을 지닌 합환주이니라. 옛날 임금님들도 천 년을 변치 않을 마음으로 합환주를 마셨단다. 자손이 번성하여 증손 고손까지 무릎 위에 앉혀 놓고 죄암죄암 달강달강 백 살까지 살다가 한날 한시 마주 누워 서로 똑같은 시간에 죽게 되면 천하에 제일 가는 연분이 아닌가?"

술잔을 들고 이 도령과 춘향이 먹은 후에,

"향단아, 술 부어 너의 마나님께 드려라."

그런 후에 월매에게,

"장모, 경사술이니 한잔 먹소."

춘향 어머니는 술잔을 들고 슬프기도 하고 기쁘기도 하여 하는 말이,

"오늘이 우리 딸이 백년 낭군 맺는 날이라 무슨 슬픔 있을까오리마는, 저것을 길러낼 때 애비 없이 길러 이런 일을 당하니 영감 생각이 간절하여 한편으로 슬픔이 밀려오네."

이 도령과 월매가 두세 잔씩 마신 뒤에 눈치빠른 월매가 딸과 이 도령을 남겨 둔 채 건넌방으로 건너갔것다.

이 도령과 춘향은 얼굴 대고 마주 앉아 씽긋씽긋 웃어 가며 이야기를 나누더라. 지난밤에 만리장성도 쌓았겠다, 춘향의 어머니께도 허락을 구했겠다, 이제는 둘이 서로 사랑가를 부르면서 부끄러움 없이 놀더라.

---

9) 何相見之晚晚 : 어찌 서로 만나봄이 더디고 더디오.
10) 今也見之意外 : 오늘 만나 보게 되니 뜻밖이구료.

춘향 서사의 낭만성

글/성미란

1. 춘향 서사의 낭만성과 오독(誤讀)의 욕망

최백호의 「낭만에 대하여」라는 노래에는 40대 후반이나, 조숙한 혹은 겉늙은 30대가 느꼈음직한 주점 분위기가 진하게 배어 있다. 술과 분위기에 적당히 취한 이들은 색소폰 소리와 매캐한 담배 연기, 그리고 진한 립스틱을 바른 마담과 친구들 사이에 둘러싸여 있다. 그들은 지나간 사랑의 추억과 젊은 날의 무모했던 정열을 안주 삼아 무의미한 일상을 흘려 보낸다. 나이를 의식하기 시작하는 우리 세대에게 '낭만적'이라는 어휘는 이러한 분위기를 자연스럽게 연상시킨다. 우리가 쓰는 낭만이라는 어휘는 현실의 부정성을 초월하고자 하는 기대나 이상, 연인들이 주고받는 밀어에 담겨 있는 신파적인 통속성, 멜랑콜리한 무드, 현실을 도외시한 무모한 이상 등을 두루 포함한다.

낭만이라는 단어가 아무리 세속적인 차원에서 쓰일지라도 거기에는 지금이 아닌, 이곳이 아닌 다른 세계에 대한 그리움이나 희망이라는 애절함이 깃들어 있다. 거기에 내재해 있는 현실의 부정성을 넘어서고자 하는 욕망과 기대는 때론 현실을 견디는 힘이 될 수 있다는 측면에서 긍정적으로 받아들여진다. 그러나 그 기대나 이상은 정확한 현실 인식을 방해하거나 당면한 현실을 슬기롭게 이겨 나갈 수 있는 처방을 제시하지 못하고 싸구려 위스키가 주는 마취 효과만을 가져다 주기도 한다.

『춘향전』을 '신분을 초월한 남녀의 사랑 이야기'에만 초점을 맞추어 낭만성을 거론하는 것은 춘향 서사 전체를 제대로 읽어내지 못하는 것이라 할 수 있다. 신분을 초월한 사랑의 실현, 고난을 이겨낸 사랑의 승리 따위로만 『춘향전』을 한정하는 것은, 어쩌면 오늘날 우리가 바라는 낭만성을 이입시킨 것에 지나지 않을지도 모른다. 모든 것이 물신화되어 가는 자본주의 사회에서 삭막한 현대인이 꿈꾸는 유일한 낭만성은 어느 날 신데렐라로 환생하는 것 정도이거나, 지배 이데올로기에 편승하는 보상으로 받는 안락함을 자신의 행복으로 자위하는 것일지도 모른다. 그러므로 춘향의 이 도령에 대한 사랑, 혹은 이 도령의 춘향에 대한 사랑이라는 관계항만으로 『춘향전』을 읽어내는 것은 작품 저변에 깔려 있는 당시 민중의식의 낭만성을 외면한 현대인들의 나약한 나르시즘적 욕망과 가깝다.

고전 작품을 단순히 남녀간의 사랑 이야기로만 받아들이지 못하게 하는 데는 여러 요인이 있다. 첫째, 『춘향전』은 여러 유형의 모티프를 보여준다. 관탈미녀형 설화, 암행어사 설화, 기생 설화, 열녀 설화 등 그 주제나 소재적 측면에서 많은 설화로부터 영향을 받았다. 완결된 작품이 아니라 오랜 세월에 걸쳐 구비 전승되면서 여러 설화가 결합되어 이루어졌다. 또 『춘향전』은 판소리 『춘향가』가 소설로 재편집된 것이다. 우리의 전통 연희는 '마당'을 중심으로 한 열린 형식이었고, 판소리 역시 향유 계층과의 직접적인 관계 속에서 구현되었다. 나아가 구연자의 신분이 전문 소리꾼인 광대라는 점도 중요하다. 부호나 양반을 대상으로 노래하는 천민의 이중적 입장, 지배 계급의 소비 문화 속에서 활동하면서도 천민이라는 계급적 불평등을 감내해야 했던 특수성이 서사의 구조 속에 자신의 계급적 욕망을 드러내게 하였다는 점이다. 이러한 사실은 『춘향전』의 창작 주체와 향유 계층의 욕망을 읽어내는 데 많은 도움이 된다. 『춘향전』은 당시 기층 민중들의 잡다한 욕망의 용광로인 셈이다. 오랜 세월 동안 구전되어 오는 과정에서 창작 주체들의 열망은 한 용광로에서 끓고 녹으면서 버무려졌다. 무수한 창작 주체들의 욕망이 만들어낸 『춘향전』은 그들의 현실에 대한 낭만적인 기대로 충만하다. 선험적으로 주어진 천한 신분을 초월하고자 하는 욕망은 기생이 정실 부인으로 탈바꿈하는 것으로, 자유 연애가 허용되지 않았던 현실에서 춘향과 이 도령은 성적 자유를 만끽하고, 관(官)으로 대표되는 지배 계층의 수탈에 대한 항거는 춘향의 변학도에 대한 수청의 거부로 변용되어 나타난다.

신분 차별, 성적 억압, 지배층의 착취와 수탈, 양반 계층의 허위의식 등은 민중들의 증오와 비판의 대상이 되기에 충분한 것이었다. 그러나 그들을 짓누르는 금기와 억압과 모순의 인식으로부터 한 걸음 나아가 그것을 해소하는 단계로 나아가기에는 현실의 힘은 너무나 거대한 것이었는지도 모른다. 그러나 용납할 수 없는 현실의 모순들은 그 틈을 비집고 자유를 향한 욕망을 분출할 수 있는 통로를 모색할 필요에 직면하였을 것이다. 비록 정면 돌파가 불가능할지라도, 혹은 불가능했기 때문에 이상적인 삶을 향한 욕망은 배태되었다고 추측해 볼 수 있다.

『춘향전』을 신분 사회에서 신분을 초월한 사랑을 이룬다는 설정만을 두고 로맨티시즘으로 해석하는 것은 당시 기층 민중들의 이상 사회에 대한 욕망을 장밋빛 연애 정도로 취급할 위험이 있다. 실제로 조선조 사회에서 기생이 정실 부인이 되는 것은 불가능한 일이었다. 기생은 당연히 첩으로서만 양반과 관계를 맺을 수 있었고, 양반 댁의 첩으로 들어가는 것 역시도 당시 사회에서는 신분 상승으로 인식되었다. 그럼에도 퇴기의 딸 춘향이 양반 자제 이도령과 정식 혼인 관계를 맺는 것은 당시 민중들의 신분 상승의 욕구를 그대로 드러내고 있는 것이라 할 수 있다. 그러나 오늘날, 신분을 초월한 사랑으로만 『춘향전』을 해석하고 있는 듯하다. 마치 『춘향전』이 한국판 『로미오와 줄리엣』인 것처럼 비춰지고 있는 것은 안타까운 일이다.

『춘향전』을 신분을 초월한 사랑 이야기로만 읽으려는 경향은 춘향의 신분 상승과 사랑의 쟁취만을 부각시킨다. 독자들은 『춘향전』에 담긴 봉건 사회의 모순, 그것에 대한 당시 민중들의 인식과 극복 의지를 읽어내기보다는, 자신의 신분을 뛰어넘고자 하는 독자들 스스로의 환상성을 드러내기에 급급하다는 인상을 지울 수 없다(현대는 자본의 소유 여부에 의해 신분이 결정되고 있는 신 계급 사회라 볼 수 있다). 이러한 우리들의 어리석은 환상은 무수한 '신데렐라'를 생산해 오고 있으며, 그 환상에 사로잡혀 사랑이라는 이름 아래 노예이기를 자처하고 있는 것은 아닐는지. 또 그것이 춘향의 사랑을 오독하는 원인으로 작용하는 것은 아닌지.

『춘향전』은 계급 사회의 불평등과 비인간화에서 벗어나고자 하는 욕망, 지배 계층의 지칠 줄 모르는 탐욕과 부도덕성, 양반 계급

의 허위의식(이 도령이 한양으로 떠날 때 춘향에게 다시 못 볼 수도 있다고 말하자 춘향은 '남아일언 중천금'을 들먹이며 이 도령이 지난날 했던 약속을 환기시킨다. 이에 춘향은 이 도령에게 춘향을 데리러 오겠다는 약속을 하게 만든다)의 문제 등에 제동을 걸면서도 거기에 정면으로 맞서지 않는 것처럼 보인다. 춘향이 이 도령을 기다리며 보여주는 목숨을 건 투쟁은 순수한 사랑이기보다 체화된 열녀 이데올로기의 발현으로 볼 수도 있기 때문이다. 열녀 이데올로기뿐만 아니라 조선조 사회를 지배하였던 관념이나 이념, 명분을 민중들은 비판하면서 동시에 자신도 모르게 수용하고 있었다는 것을 알 수 있다. 그만큼 민중들을 지배했던 지배층의 이데올로기는 은폐되어 당시 계급 사회를 지탱하면서 지배력을 행사하였다. 군과 신, 부와 자, 남편과 아내, 주인과 노비 등의 차등에 기반한 기존 사회는 악순환 되면서 자유스러운 인간의 감정을 위협해 왔던 것이다.

제도나 관습, 지배와 피지배, 착취와 수탈로부터 자유롭고자 하는 인간의 기대와 이상을 담고 있는 『춘향전』은 현실의 부정성을 넘어서고자 하는 기대와 이상을 충분히 담고 있다. 현실을 얽어매고 있는 굴레가 강하면 강할수록 낭만성은 증폭되어 나타나기 마련이다. 그러나 춘향이 옥에서 자신의 정절을 목숨보다 소중히 여기는 행위에서 그의 강렬한 사랑을 확인이기 이전에 춘향을 지배하고 있는 당시 시대 이데올로기의 강렬함을 어떻게 해석할 것인가. 그렇다고 춘향의 의식이 지배 이데올로기를 벗어나지 못했다고, 당시 민중들이 가졌던 보편적인 꿈(자유 연애, 신분 상승, 열녀)을 낭만적 사랑의 꿈만으로 볼 수는 없다. 자신들의 현실을 둘러싸고 있는 비인간적인 외부 조건을 인식하면서도 실제로 정면 돌파를 시도해 볼 수 없었던 것은 경험 이전의 지배 관념이 이미 그들의 사고를 결정하고 있음을 여실히 보여준다. 실제로 현명하고 여장부 같은 춘향은 당시 민중의 모습을 반영하고 있다. 자신의 사랑(혹은 정절)을 위해서라면 지배층의 위협(변학도의 수청 강요)에도 아랑곳하지 않았던 춘향이 열녀라는 이데올로기에는 순순히 승복하고 마는 것은 이데올로기의 강력한 지배력 외에도 기생으로서 살아가길 강요하는 주변의 억압으로부터 항거할 수 있는 유용한 수단일 수 있었기 때문이다. 춘향의 목숨을 구해 준 것은 이 도령의 마패이고, 이 도령은 양반 자제이다. 춘향을 당시 민중의식의 반영으로 볼 수 있다면, 결국 춘향은 자신의 힘보다 초월적인 힘에 의탁하고자 하는 수동성을 담고 있는 것으로 해석할 수도 있다. 이것만을 강조하여 『춘향전』의 낭만성이 가지는 한계로 볼 수 있을 것인가. 춘향 서사에서 암행어사 출두 장면을 제외했을 때 가짐직한 비장미가 오히려 이 장면 때문에 훼손되고 있지는 않은가.

2. 현실적 사랑

춘향 서사에서 낭만성은 모순된 현실의 부정성을 넘어서고자 하는 민중들의 기대와 욕망이라 할 수 있을 것이다. 그것이 초월적인 힘에 기대고 있다고 비판될지라도, 불평등과 억압에 대한 인식의 표출이라 볼 때, 긍정적으로 평가할 수 있는 소지를 지닌다. 그러나 오늘날의 독자들은 『춘향전』의 낭만성을 신분 상승을 꾀하면서 사랑도 쟁취한다는 '신데렐라'식 사랑 이야기로 믿고 싶어한다. 이제 우리 고전 『춘향전』은 자유 연애와 신분 상승이라는 이름 아래 굳건한 신화로 자리잡았다. 그 신화의 힘이 얼마나 막강한가는 신데렐라를 꿈꾸는 욕망의 활발한 재생산이 입증하는 바이다.

춘향 서사의 낭만성의 한계는 모순된 현실을 인식하면서도 그 것의 극복이나 해소가 타율적인 힘에 의해 일정 정도 의존하여 이루어지고 있다는 점이다. 춘향의 정실 부인으로의 승격은 정절의 고수라는 대가를 치름으로써 당연한 것으로 인식되고 있지만, 그 것은 위대한 사랑의 힘 이전의 막강한 시대 이데올로기의 승리로 보아야 할 것이다. 이러한 점으로 인해 춘향의 수절 과정에서 보여준 고통의 빛깔이 퇴색되고 만다. 신분적 차별이 엄연히 존재하는 계급 사회에서 최하층 신분에 해당하는 기생과 전도양양한 양반 자제와의 정혼이 성립하기 위해서는 상당한 삶의 아픔이 있으리라는 것은 어렵지 않게 상상할 수 있다. 그럼에도 춘향의 고통은 기존 사회를 지탱해 주는 지배 이데올로기에 순응함으로써 해소된다. 이 점이 춘향 서사의 낭만성이 가지는 시대적 한계이자 현대의 독자들을 오독으로 이끄는 원인이 된다. 반면에 『임꺽정』의 '봉단'은 현실적인 층위에서 신분을 초월한 사랑과 그 아픔을 보여준다. '봉단편'은 억압과 모순이 존재하는 현실 앞에서 그것과 갈등하며 아파한다는 점에서 진솔하게 다가온다.

벽초 홍명희의 『임꺽정』 중 '봉단편'은 연산군 조 홍문관 교리 벼슬을 지냈던 이장곤의 이야기이다. 성종 조 폐비 윤씨의 아들 연산군은 즉위 10년인 갑자년에 큰 옥사를 일으켜 조신들을 마구 죽이고 귀양살이를 보냈다. 이때 이 교리가 왕에게 덕으로 통치할 것을 권하다 거제로 귀양을 가게 되었다. 그런데 연산군의 포악함과 잔인함은 상상을 초월하여 죽은 사람을 두 번 죽이는 부관참시, 관을 파다가 송장의 목베기, 뼈를 갈아 바람에 날리는 쇄골표풍(碎骨飄風), 형벌을 내린 뒤에 죄인의 집을 헐어 웅덩이를 만드는 등 헤

아릴 수 없을 정도로 악행을 일삼
았다. 때문에 한 번 귀양을 간 사람
을 다시 불러 올려 사약을 내리는
일이 빈번해지자 이 교리 유모의
아들이 이 교리를 찾아가 잠시 피
신해 있을 것을 권하나 거절한다.
그러나 그가 돌아가고 나서 이 교
리는 목숨을 부지하고자 거제를 탈
출하여 북쪽으로 향한다. 죽을 고
비를 넘기고 도착한 곳이 양주라는
땅이었다. 그곳에서 물바가지에 버

벽초 홍명희의 『임꺽정』(1939년).

들잎을 띄워 준 처녀 봉단의 집에 기숙하면서 신분을 속이고 데릴
사위로 들어앉는다. 백정 딸인 봉단은 이 교리(김서방)의 신분을
자신과 같은 천민으로 여긴다. 부부 사이의 사랑은 장인, 장모가
구박이 심해질수록 애틋해진다. 그러나 연산군이 물러가고 중종이
왕위에 오르자 이 교리는 다시 조정으로 복귀하게 된다. 이 교리는
봉단에게 다시 데리러 올 것을 약속하고 이별을 하였다. 그는 마땅
히 왕을 도와 정사를 돌보아야 하나 봉단이의 진솔하고 꾸밈없는
마음이 그리워 왕에게 사직을 청한다. 그러나 왕은 그의 사직을 반
려하고 대신 봉단을 숙부인에 봉한다. 이 교리와 봉단의 이야기는
실제 역사에 기록되어 있다. 천민으로서 숙부인의 지위를 얻은 실
화를 기본 골격으로 하는 『임꺽정』 '봉단편'은 백정들 사이의 인간
미와 당시 빈번했던 사화로 인한 사회의 혼란상을 그대로 담고 있
다. 특히 봉단과 이 교리(김서방)의 두터운 애정은 빈궁한 생활 속
에서 피어나는 서민들의 진솔한 삶을 교감할 수 있도록 한다.

이 교리와 봉단 사이의 애정에는 시대 이념이나 관념도 없다. 또한 타율적인 힘이나 초월자에 의해 사랑이 이루어지는 것도 아니다. 그들의 사랑은 억척어멈의 눈치를 피해 밥 한 그릇 더 남겨 주는 정도이며, 대소쿠리를 짜면서 찔린 손가락을 매만지며 하늘의 별을 같이 세는 것이 고작이다. 목숨을 요구하거나 정절을 지켜야 한다거나 하는 따위의 억압도 존재하지 않는다. 이 교리의 신분이 밝혀지자 봉단은 나름대로 자신의 나아갈 바를 정한다. 서울로 이 교리를 따라가는 것은 자신의 신분에 어울리지 않는 일이고, 그대로 자신의 집에 머무르는 것도 출가한 딸의 도리가 아니라 승려가 될까 고려한다.

그들의 사랑에는 아기자기한 맛도 없고, 드라마틱한 절정도 없고 정절을 견디는 고통이 자아내는 고통도 없다. 그러나 봉단에게도 숙부인이라는 신분 상승이 보상으로 주어진다. 춘향이 정절을 견딤으로써 양반 부인이라는 훈장이 당연히 주어진 것에 반해, 봉단이 숙부인이 되는 것은 과분한 것 내지 천운인 것처럼 여겨진다. 그러나 실제 『임꺽정』에는 봉단이 숙부인이 되고 나서 많은 시련을 겪는 과정이 나타난다. 심지어는 하인들마저 그녀를 '백정 아씨'라는 별칭으로 부르며 정식으로 인정해 주지 않았다. 천민이 양반이 된다는 것은 당시로서는 하늘의 별 따기만큼이나 불가능한 일이었다. 그러나 봉단은 타고난 선한 심성으로 아랫사람들을 진심으로 대해 그들로부터 신임으로 얻는다. 사람의 몸 속의 피는 똑같은 것이건만, 이 당연한 사실을 부정하기 위해 당시의 이데올로기들은 얼마나 잔인한 고통을 강제하거나 미화시켜 왔던가. 인간의 자유로운 관계를 부정하는 이념 앞에서도 고통을 나누고 서로 의지하는 가운데 싹트는 자유로운 인간 관계를 드러내 보여준다는 점에서 『임꺽정』은 새로운 사회에 대한 전망을 지니고 있다. 봉단의 사랑이 그 시대에는 불가능한 사랑을 이루었다는 점에서 낭만적이라면 춘향의 서사 역시 동궤에 있다. 제도적 관습으로부터 벗어나고자 한다는 점에서 두 작품은 동일한 세계관에 바탕하고 있음을 알 수 있다.

3. 물신화된 낭만적 사랑

오늘날 우리는 신분을 초월한 사랑으로만 춘향 서사의 낭만성을 이해하려 한다. 기생 춘향에게 양반인 몽룡과 결혼할 수 있는 충분한 자격이 있으며, 그것은 자신의 노력에 값하는 대가라고 믿는다. 이러한 해석은 춘향 서사에서 현실의 부정성을 넘어 새로운 이상 세계로 나아가고자 하는 당시 민중들의 낭만적인 열망을 도외시하게 만들고, 지배 이데올로기의 은폐성도 보지 못하게 한다. 우리의 『춘향전』 해석이 신분을 초월한 사랑 이야기에 머문다면 당시 민중들이 지녔던 현실 인식에도 미치지 못하게 된다. 그런 수준에서는 춘향 서사가 남성 중심적인 사회에서 살아남기 위한 여성들의 실리적인 선택으로, 여성의 구원 신화로 기능하는 것도 전혀 이상한 일이 아니다. 춘향의 사랑과 신분 상승이 이 도령의 권력에 의존하는 것처럼 해석되어 초월적인 것에 대한 은밀한 기대가 전제될 때 고전 『춘향전』은 여성의 종속과 의존성을 강화시킬 뿐이다.

요즈음 대부분의 로맨스물들이 이러한 신화를 조장하고 있다는 것을 확인하기란 어렵지 않다. 가난한 백화점 점원이 사장을 만나

가정 형편이 어려운 집안의 딸(김지호 분)이 자신의 꿈도 이루고 부유한 집안 아들과 결혼도 하는 전형적 로맨스물인 TV 드라마 『눈물이 마를 때까지』.

행복하게 결혼하는 경우(『사랑을 그대 품 안에』)이든, 어렵게 자란 고아가 유명 가수를 만나 자신의 꿈을 이루고 결합하는 경우(『별은 내 가슴에』) 혹은 가정 형편이 어려운 집안의 딸이 주방장이 되는 꿈을 이루고 그 식당 사장의 아들과 결합하는 경우(『눈물이 마를 때까지』)에 이르기까지 그 사례는 너무나 많다. 이토록 천편일률적인 낭만적 사랑이 히트를 친다는 것은 드라마의 성공이 대중을 대리 만족시키는 데 달려 있음을 반증한다. 그럼에도 불구하고 멜로드라마의 신데렐라 콤플렉스는 남성에 의존적인 여성의 지위를 역설적으로 인정한다. 현대 사회가 지닌 빈부 차이, 분배의 불평등이나 남녀의 사회적 역할의 불평등을 인정하지 않고는 성립되지 않는 것이 신데렐라 콤플렉스이기 때문이다. 아무리 춘향의 서사를 로맨스물로 읽으려 할지라도 차별받는 신분이 존재한다는 사실을 숨기지 못하듯이 말이다.

춘향이 자신의 사랑 앞에서 대장부처럼 당당하고 자신감을 가질 수 있었던 이유는 열녀라는 이데올로기에 의지할 수 있었기 때문만은 아니다. 오히려 춘향은 열녀로서 자신의 위상을 세울 수밖에 없었다. 자신의 사랑을 훼손시키는 온갖 관습적 폭력들에 저항하기 위한 방법이었기 때문이다. 기생은 수절할 수 없다는 온갖 관습적 폭력들, 몽룡의 가부장적 태도, 변 사또의 수청 요구, 모정 때문이지만 어머니인 월매의 간곡한 요청 앞에서 결혼한 여자로서 자신을 인정받을 수 있는 가장 보편적인 선택이 수절이기 때문이다. 그러므로 수절은 기생이기를 거부하는 춘향의 선택이며 의지일 뿐 아니라 신분의 굴레에서 벗어나고자 했던 당대 민중 의지의 반영이다.

지금 우리는 상품화된 낭만적 사랑에 내재된 이데올로기를 모르는 것이 아니다. 그럼에도 불구하고 물신화된 낭만적 사랑의 환상을 벗어나지 못한다. 현실의 모순을 극복하려는 고통스런 몸부림이 왜 오늘날의 낭만적 사랑에는 없는가? 기생이기를 요구하는 사회에 맞서 인간이기를 선언한 춘향의 서사마저도 물신화시키는 이 시대에서 우리가 선택할 수 있는 길은 진정 무엇인가를 사유해야 할 때이다.

---

1) 고려 말 신흥사대부가 유교의 덕목인 내외법과 삼종지도, 칠거지악을 보급하기 시작하면서 여인들의 생활을 규제하기 시작했다. 이후부터 여인에게는 정절이라는 예속의 굴레가 씌워졌다. 급기야 조선시대의 여자들은 성적으로 무지해야만 정숙한 여자가 되었다. 심지어는 성종 때 '재가녀 자손 금고법'이 시행되어 두 번 이상 시집을 가는 여자의 자손에게는 벼슬을 금하도록 하는 등 수절을 의무화하였다. 조선 후기로 갈수록 이러한 윤리는 신분에 구애받지 않는 풍습으로 널리 퍼져 나갔다. 일례로 임진왜란 때 행해진 표창 숫자를 보면 효자 67명, 충신 11명, 열녀 356명으로 열녀의 숫자가 압도적이다. 이처럼 인간의 자연스러운 본능조차 억제하면서 고통을 기꺼이 받아들였던 것은 열녀는 양반에게는 몰락한 가문을 다시 일으키게 하는 수단이 되었고, 양인에게는 과중한 호역의 부담에서 벗어날 수 있는 도구였으며, 천민에게는 신분 상승의 유일한 통로가 되었기 때문이다. 열녀의 관념도 충, 효와 마찬가지로 유교적 이데올로기이다. 그러나 사료의 통계 숫자를 참고한다면 이 이데올로기가 얼마나 강한 것이었는지 짐작할 수 있다. 여성을 위한 모임, 『일곱 가지 여성의 콤플렉스』, 현암사 참조.

『춘향전』에 나타난 가치관의 이중성

글/김수이

판소리는 양반과 서민이 함께 즐긴, 계층을 초월한 예술 장르이다. 16, 7세기 조선시대 중엽에 발생한 판소리는 임진왜란 이후 나타난 가치관의 변화를 뚜렷이 반영한다. 이는 양반 계층의 쇠퇴와 서민의식의 각성으로 요약될 수 있는 일련의 변화이다. 판소리계 소설의 백미로 꼽히는 『춘향전』의 경우, 주인공인 춘향의 출생부터가 이러한 변화와 혼돈을 잘 보여주고 있다. 춘향은 양반인 성 참판과 퇴기인 월매의 사이에서 난 딸로 그녀의 몸에는 고귀한 신분인 양반의 피와 천한 계급인 기생의 피가 함께 흐르고 있다. 춘향은 당시까지 조선 사회를 지배해 온 양반적 가치와 새롭게 부각되는 자유로운 서민적 가치의 이중성을 한몸에 지닌 문제적 인물인 것이다.

이러한 문제적 인물은 당대의 다른 작품에서도 발견된다. 허균이 지은 최초의 국문소설인 『홍길동전』에서 길동은 홍 판서와 여종 사이에서 태어난 서출이다. 『심청전』의 심청은 몰락한 양반의 딸이지만, 경제적으로는 최하층의 궁핍한 삶을 산다. 『흥부전』의

흥부와 놀부는 한 핏줄의 형제이지만, 상징적으로는 핍박받는 민중과 이들을 착취하는 몹쓸 지배 계급을 뜻한다. 이들은 모두 봉건 사회가 근대 사회로 이행해 가는 과정에서 탄생한 과도기의 혼혈아들이라 할 수 있다. 그러므로 조선 후기에 와서 판소리계 소설이 국민 예술로 자리잡은 것은 우연이 아니다. 현실의 축소판인 소설 속에서 양반의 운명과 서민의 운명은 서로 투쟁하면서 각자의 길을 모색하고 있었다. 현실 속에서 이들은 이미 부딪칠 수밖에 없는 상황에 있었고, 예술의 공간을 빌어 '평화로운 싸움'을 벌이고 있었던 것이다. 당대의 지배층은 하강의 국면을 맞이했고, 반대로 피지배층은 상승의 기세를 탄 유리한 위치에 있었다. 이 하강과 상승의 흐름은 현실로부터 독립된 예술 공간에서 부딪쳐 하나의 접점을 찾아가고 있었던 것이다.

이 시대 소설의 결말은 양반적 가치와 서민적 가치의 우열을 가

이 시대 최고의 명창인 박동진 옹의 판소리 장면. 판소리는 한 사람의 창자(唱者)가 고수의 북장단에 맞추어 긴 줄거리의 극가(劇歌)를 부르는 것으로, 소리(唱), 아니리(독백), 발림(몸짓)으로 구성된다. 본래 12마당이 있었으나, 춘향가, 심청가, 수궁가, 적벽가, 흥부가의 5마당만이 전해지고 있다.

리는 것으로 귀결된다. 두 개의 가치는 명백하게 우열화되기보다는 이중적인 상태로 공존하는 경우가 많았다. 당시로서는 대단히 혁명적인 소설이었던 『홍길동전』은 바다 먼 섬에 평등한 이상국을 건설함으로써 서민들 쪽에 승리의 깃발을 들어준다. 그러나 이는 현실적인 승리가 아니라는 점에서 실제 현실에서의 서민의 운명을 일정하게 한계짓는 것으로 끝난다. 한편 『심청전』의 심청은 왕후가 됨으로써 봉건적인 신분 서열의 최고 위치에 오른다. 겉으로 보기에는 매우 보수적인 결말인 듯하지만, 보잘것 없는 몰락한 양반의

김일해 감독, 황해남·최지희 주연의 영화 『인걸 홍길동』의 포스터(1958년).

안석영 감독, 김소영 주연의 영화 『심청전』의 한 장면(1937년).

딸이 왕후의 자리에 오르는 설정은 계급 질서에 대한 서민들의 도
전으로 이해된다. 아쉽게도 이 도전은 계급의 해체가 아닌 신분
상승의 욕망으로 변질되고 만다. 양반을 미워하면서도 동경할 수
밖에 없었던 서민의식의 이중성이 노출되는 부분이다. 이에 비해
『흥부전』은 좀더 근대적인 작품이라 할 수 있다. 여기에는 자본주
의 사회의 핵심인 '돈'의 문제가 등장한다. 흥부의 몰락과 재기는
모두 돈(재물)의 있고 없음에 의한 것이다. 착하게 산 흥부에게 주
어지는 보상은 금은보화이며, 온갖 악행을 일삼은 놀부에게 주어
지는 벌은 그 반대의 상황인 물질적 파산이다. 『흥부전』은 과거에
신분이 하던 역할을 이제 돈이 대신하게 되었음을 간접적으로 암
시한다. 이 작품은 재력을 소유하게 된 서민들이 신분이라는 종래
의 가치를 와해시키며 성장하는 과정을 반영하고 있다.

　그렇다면 『춘향전』의 결말은 어떤 가치관에 기대고 있을까? 반은 양반의 피가 흐르고, 반은 기생의 피가 흐르는 춘향은 끝내 정절을 지킴으로써 암행어사가 된 이몽룡과 결혼한다. 이몽룡은 유교의 가르침에 맞게 젊은 나이에 입신 양명한 양반 중의 양반이다. 춘향은 결국 이몽룡과 결혼함으로써 반쪽 양반에서 완전한 양반으로 거듭난다. 자신의 몸에 흐르는 기생의 피를 지우고, 양반의 피로만 살 수 있게 된 것이다. 무엇보다 춘향이 목숨을 걸면서까지 정절을 지킨 것은 『춘향전』의 핵심적인 가치가 유교적인 세계관, 즉 지배 계급의 가치임을 보여준다. 물론 이 부분은 『심청전』과 마찬가지로 이중적인 해석이 가능하다. 기생의 딸이 양반의 정실 부인이 된다는 것은 당시로서는 대단히 진보적인 발상이라고 할 수 있다. 신분의 차이를 넘어선 사랑의 성취는 계층이나 신분 등의 외적 조건보다 진실된 감정이 우선시되는 자유로운 사회의 단초를 예시한다. 춘향의 신분 상승은 신분 질서의 해체라는 반대의 측면에서도 이해될 수 있는 것이다. 『춘향전』에 나타난 가치관의 이중성은 내적인 모순을 드러내면서도 작품의 열린 구조와 의미에 기여하고 있다. 『춘향전』이 양반과 서민 모두에게 환영받았던 것은 각자 원하는 해석이 가능했던 다층적인 의미체계 때문이다.

　『춘향전』의 이중적 가치관은 춘향과 이몽룡이 나누는 사랑의 모습에서도 그대로 드러난다. 두 사람은 자유 연애를 통해 사랑하는 연인이 된다. 부모가 정해 준 사람과 얼굴도 모르는 상태에서 결혼해야 했던 당시 풍조에 비추어 볼 때, 두 젊은이의 연애 행각은 시대를 앞서가는 선구적인 것이라 할 만하다. 특히 이몽룡은 부모에게 알리지도 않은 상태에서 춘향과 정혼하고 남편과 아내의 정을 나눈다. 오늘날과 같은 현대 사회에서도 쉽사리 용인되기 힘든 일이다. 두 사람의 이례적인 만남이나 결혼과는 달리 이별과 기다림, 재회의 과정은 매우 고전적인 방식으로 전개된다. 이몽룡이 과거를 보러 가기 전 춘향에게 주는 옥지환을 보자. 신의의 정표로 특별한 물건을 주는 것은 고대 설화에서부터 거듭 재연되어 온 이야기의 장치이다. 이 부분에서 춘향과 몽룡의 사랑은 고전적인 스토리를 조금도 넘어서지 못한다. 또한 순수한 감정에 충실해 사랑에 빠졌던 것과는 달리, 춘향이 수난을 겪으면서 보여주는 모습은 어떻게 보면 비인간적이기까지 하다. 춘향은 아무 소식 없는 몽룡을 기다리며 원망은 할지언정, 일말의 회의나 흔들림도 보여주지 않는다. 그녀가 이몽룡을 사랑한 것은 '사랑'이라는 인간적인 감정에 의한 것이었지만, 변학도의 수청을 거절하고 이몽룡에 대한 사랑을 지키는 것은 '정절'이라는 유교적 이데올로기에 뿌리를 둔 것이다. 실제로 춘향은 수청을 들라는 변학도의 요청에 '열녀불경이부(烈女不敬二夫)'라는 사대부의 문자로써 응대한다. 열녀는 두 지아비를 섬기지 않는다는 것은 조선시대 유교적 남성주의가 여성들에게 부과한 최대의 미덕이자 족쇄가 아니었던가. 춘향의 사랑의 방식은 이 점에서 한 치의 어긋남도 없이 당대 사회의 지배적 요청에 충실하고 있다.

이처럼 춘향과 몽룡의 사랑은 자유 연애와 유교적 정절의 사이를 오가면서 독특한 양상을 보여준다. 여기에는 기존의 가치와 새로운 가치 사이에서 동요하는 창작 주체들의 고민이 담겨 있다. 『춘향전』에 서술된 언어가 양반과 서민의 이중적인 언어체계로 되어 있는 것은 이러한 고민의 타협적 결과라고 할 수 있다. 언어란 사람의 생각을 담는 그릇이며, 언술 주체와 사용 조건에 따라

각별한 빛깔과 이미지를 지닌다. 시대와 사회, 계층과 나이, 직업과 개성에 따라 언어가 차이를 보이는 것은 이 때문이다. 판소리와 소설이 나오기 전까지 예술의 역사에서 지배층과 피지배층은 별도의 세계를 형성해 왔다. 기본 장르와 형식이 달랐고, 사용 언어와 지향성에도 상당한 차이가 있었다. 이분적으로 나뉘어 있던 양반과 서민의 예술은 조선 중기 판소리에 이르러 하나의 공간 속에 편입된다. 따라서 이 통합적 장르에 이질성과 모순이 섞여 있는 것은 당연한 일이라고 할 수 있다. 『춘향전』의 경우, 춘향과 몽룡의 인물됨에 관해 서술하는 부분은 한자 성어와 의례적인 표현들로 이루어져 있지만, 이들이 사랑을 나누는 부분에 이르면 지나칠 정도로 진솔하고 생생한 말들이 쏟아져 나온다. 춘향과 이몽룡의 말이 고상한 격식체인 반면, 월매의 말이나 방자와 향단의 대화는 그야말로 걸쭉한 서민 말투의 전형을 보여준다. 두 언어체계는 적절한 배치와 대립 속에서 작품에 절묘한 긴장감을 부여한다. 계층의 차이는 이러한 형태로 공존하면서 화해의 지점을 찾아가고 있는 것이다.

『춘향전』에는 가치관의 이중성을 넘어 결정적인 모순도 발견된다. 춘향이 변학도에게 처형당하기 전날 밤, 춘향은 자신의 어머니인 월매에게 유언을 남긴다. 거지가 되어 돌아온 이 도령을 위해 자신의 옷가지와 패물을 모두 팔아 정성껏 돌봐 달라는 것이 유언의 골자이다. 어머니를 앞서 가는 최대의 불효를 행하면서도, 춘향은 죽기 직전까지도 열녀로서의 삶에만 충실한다. 효녀와 열녀라는 두 개의 가치는 대립할 사이도 없이, 효라는 가치의 실종 혹은 완전한 패배로 종결된다. 만약 『춘향전』이 어머니와 남편, 즉 효와 열녀불경이부라는 두 개의 지향성 사이에서 갈등하는 모습을 보여주었다면 보다 인간적이고 입체적인 작품이 되었을 것이다.

예술 작품에 가장 중요한 요소인 미학성에 있어서도 『춘향전』은 이중적인 양상을 드러낸다. 『춘향전』에는 우아미와 골계미, 비장미와 해학미 등 대립되는 미적 가치가 도처에 공존한다. 옛 성인들의 명언과 사서 삼경에 나오는 주옥 같은 구절들, 삶의 진리와 교훈이 담긴 고사 성어, 유명한 시인들이 남긴 한시와 암행어사가 된 이몽룡이 탐관오리들에게 보낸 "금술잔 속의 아름다운 술은 천 사람의 피요(金樽美酒千人血)"로 시작되는 한시 등이 격조 높은 우아미를 자아낸다면, 암행어사가 출두한 후 목숨이 경각에 다달아 도망치는 관료들의 모습이나, 월매가 어사또가 사위임을 알고 춤을 추며 동헌으로 들어오는 장면은 웃음 넘치는 골계미와 해학미로 가득 차 있다. 또 춘향이 곤장을 맞는 장면이나, 목에 칼을 차고 눈물을 흘리며 옥중가를 부르는 장면은 그 비장미가 심금을 울린다. 그러나 춘향이 곤장을 맞으면서도 일부 종사를 할 수밖에 없는 이유를 곤장 수대로 읊어대는 모습이나, 변학도에게 수청을 강요받으면서도 이부(二夫)와 이부(李夫)의 발음이 같음을 이용해 언어 유희를 구사하는 장면은 읽는 이로 하여금 비극성 속에서도 희극적인 여유를 갖도록 한다. 하지만 『춘향전』에 나타난 상반된 미학이 독자들에게 혼란이나 저항감을 느끼게 하는 것은 아니다. 인간의 삶이란 본래 이러한 이중성과 모순, 복합성으로 가득 차 있는 것이며, 특히 예술의 미학이란 적절한 긴장감과 미학적 거리를 통해 고양되는 것이기 때문이다.

그러므로 『춘향전』은 한편으로는 조선 사회의 지배 이데올로기를 지지하면서, 또 한편으로는 조선이라는 봉건 사회의 와해와 새

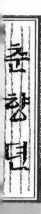

로운 가치의 출현을 예감하고 준비하는 이중의 역할을 한 작품이
라고 할 수 있다. 많은 재료가 어우러져 각각의 맛을 내면서도 하
나의 맛을 내는 일품 음식처럼, 혼돈의 시대의 예술은 다양성 속
에서도 일정한 빛깔을 내뿜는다.『춘향전』은 인간 삶의 기본이 되
는 사랑을 주제로 이 다양성의 얼개를 짜고 적절한 형태로 만든
다. 만일 우리들이『춘향전』이 지닌 다양한 얼개 중 어느 하나만
을 본다면, 작품을 부분적으로 이해하는 데 머무르고 말 것이다.
사랑, 신분 질서의 동요, 관료들의 부정 부패, 지배 계급과 피지배
계급의 대립, 봉건적 가치의 몰락과 근대적 가치의 등장, 복합적
인 언어체계와 미학 등『춘향전』이 걸쳐 있는 층위는 대단히 다양
하다. 그리고 이는 다시 크게 두 개의 대립항으로 세분화된다. 이
를테면 사랑은 자유 연애와 유교적 정절의 두 축으로, 신분 질서
의 동요는 단순한 신분 상승의 욕망(이는 기존 질서에 편입되는 것에
불과하다)과 신분의 해체를 통한 평등 사회의 실현이라는 두 방향
성으로 나뉘어진다. 봉건적 가치와 근대적
가치로 요약될 수 있는 두 개의 지
향성 사이에서 당대의 지배층과
민중은 선뜻 하나를 선택하기
어려웠을 것이다.
　『춘향전』은 이처럼 혼란
스런 시대가 탄생시킨 양
면의 거울로 우리 앞에
존재한다. 당대의 지배층
과 민중은『춘향전』이라
는 거울을 각기 자신이

서 있는 쪽에서만 비추어 보았을 것이다. 『춘향전』이 제기하고 있는 문제들이 현대적 형태로 여전히 존재하고 있는 현실에서 이 거울은 여전히 빛을 잃지 않고 있다. 이제 우리들은 위치를 옮겨 가며, 혹은 거울을 뒤집어 가며 『춘향전』을 복합적으로 바라보아야 하지 않을까. 하나의 예술 작품을 바라보는 시선의 깊이는 시대와 사회를 바라보는 깊이 그 자체이기도 하기 때문이다.

제2부
사랑 사랑 내 사랑아

사랑 사랑 내 사랑아. 어화둥둥 내 사랑아.

춘향과 이 도령의 이팔 청춘 뜨거운 사랑은

날이 가고 달이 갈수록

용광로 불길마냥 훨훨 타오르는데.

이를 어이 할꼬. 백년 언약 어이 하고

이 도령이 떠나는구나. 한양 가는구나.

울며 불며 눈물로 지새우는 춘향이.

신관 사또 변학도는 또 왜 이리도 추근추근 수작인지.

【 춘향전 재미있게 읽기 】

억척 어미 혹은 아줌마의 전형, 월매/김연숙

모든 사랑 이야기는 『춘향전』이다?/이명귀

사랑가

춘향과 도련님이 마주 앉았으니, 이 일이 어찌 되겠느냐. 이 도령은 춘향의 섬섬 옥수를 반듯이 잡았것다. 춘향이는 처음 당하는 일도 아닌데 여전히 부끄러워 몸을 틀매 이리 곰실 저리 곰실. 연꽃이 바람에 흔들리듯 이리 살랑 저리 살랑.

"아이고 놓아요, 좀 놓아요."

"에라, 안 될 말이로다."

흔히 어른들이 사랑할 땐 이불이 춤을 추고, 샛별 요강은 장단 맞춰 쟁그렁 쟁쟁, 문고리는 달랑달랑, 등잔불은 가물가물거린다는 말이 있지만 춘향과 이 도령이 함께 지낸 밤이 그랬을 리 있을쏘냐.

둘은 서로 사랑의 노래를 불렀는디, 그 유명한 사랑가가 이것이로다.

"사랑 사랑 내 사랑아

어화둥둥 내 사랑아

남산보다 높은 사랑 바다처럼 깊은 사랑

사랑 사랑 내 사랑아

어화둥둥 내 사랑아

달 밝은 밤 밝은 사랑 너와 내가 만난 사랑

연평도 앞바다 그물같이 얽히고 맺힌 사랑."

이렇듯 이 도령이 한 박자를 놓으면 춘향이도 한마디를 부르는데,

"사랑 사랑 내 사랑아

어화둥둥 내 사랑아

은하수 직녀가 짠 비단처럼 올올이 이은 사랑

비내린 뒷동산의 목단화처럼 펑퍼지고 고운 사랑

시냇가의 수양버들같이 청처지게 늘어진 사랑

어화둥둥 내 사랑아."

이 도령이 부르고 춘향이도 부르자 이제는 서로 같이 부르것다.

"사랑 사랑 내 사랑아

어화둥둥 내 사랑아

추수 끝낸 논바닥에 쌓인 노적가리처럼 다물다물 쌓인 사랑

봄바람에 벌들이 꽃을 물고 가는 그런 사랑

맑은 강물 위에 원앙 한 쌍이 마주 둥실 떠노는 사랑

당나라 태종이 양귀비를 만난 사랑, 초나라 임금이 우미인을 만난
사랑

함경도 원주 명사십리 백사장의 해당화처럼 고운 사랑

네가 모두 사랑이구나

어화둥둥 내 사랑아."

또다시 이 도령의 독창이 이어지것다.

"여봐라 춘향아

저리 가거라, 가는 모습을 보자꾸나

이리 오너라, 오는 모습을 보자꾸나

아기처럼 빵긋 웃고 아장아장 걸어라, 걷는 태도를 보자

너와 내가 만난 사랑

우리 살아서는 이렇듯 사랑하고

죽어서도 우리 사랑 변치 말자

어찌 죽은 뒤의 사랑이 없을쏘냐."

이에 춘향이,

"우리 죽은 뒤의 사랑은 어떠하오?"

하고 묻자 이 도령이 노래를 잇는디.

"너는 죽어 될 것 있다

너는 죽어 글자가 되어

따 지(地), 그늘 음(陰), 아내 처(妻), 계집 여(女)가 되고 나는 죽어 글자 되되 하늘 천(天), 마를 건(乾), 지아비 부(夫), 사내 남(男), 아들 자(子)가 되어 네가 계집 여(女)에 내가 아들 자(子)이니 우리가 서로 붙으면 좋을 호(好)가 되어 만나지 않겠느냐."

춘향이 왈,

"아니, 그것 나는 싫소."

이 도령 왈,

"그러면 네가 될 것 또 있다."

하더니 노래를 계속 부르는디.

"또 너 죽어 될 것 있다

너는 죽어 물이 되되

은하수 폭포수 만경창해수 청계수 벽계수

칠 년 가뭄이 몰아쳐도 마르지 않는 물이 되고

나는 죽어 새가 되니

두견새도 되지 말고, 청학 백학 두루미도 되지 말고, 9만 리를 한 번 날개짓에 날아 버리는 큰 새도 되지 말고

그저 다만 쌍쌍이 나는 원앙새가 되어

물 위를 날으는 원앙새처럼

어화 둥둥 떠놀거든

나인 줄을 알려무나

사랑 사랑 사랑 내 사랑이야."

춘향이 왈,

"아니, 그것도 나는 싫소."

"그러면 너 또 될 것 있다

너는 죽어 꽃이 되되

하얀 배꽃 붉은 복숭아꽃처럼 봄철 석 달 꽃이 되고

나는 죽어 나비 되되

이 꽃 저 꽃 훨훨 나는 벌 나비 되어

네 꽃송이 담뿍 물고 두 날개를 쩍 벌리고 너울너울 놀거들랑

네 옆에 내가 있는 줄 알려므나."

춘향이 왈,

"아니, 그것도 내 아니 되려오."

"그러면 너 죽어 될 것 있다

너는 죽어 서울 종로 보신각 종이 되고

나는 죽어 종을 치는 나무막대기 되어

새벽이면 서른세 번

저녁이면 스물여덟 번 댕댕댕댕 치거든

다른 사람 듣기에는 종소리로 들리어도

우리 속으로는 춘향이 댕 서방님 댕으로 들어서

네 옆에 내가 있는 줄 알려므나.”

춘향이 왈,

“나 그것 되기 싫소.”

“어찌 또 그렇단 말이냐.”

“살아 있을 때 밑으로 가는 것도 원통한데 죽어서도 아래로만 가라

하시니 나 그것 재미없어 되기 싫소.”

“그러면 네가 위로 가게 하여 주마.”

이 도령은 또 한차례 사랑가를 부르것다.

“나의 사랑 너 죽으면 될 것 있다

너는 죽어 맷돌 위짝이 되고

나는 죽어 맷돌 밑짝이 되어

위아래 맞물려 홰홰 돌거들랑

내가 네 밑에 있는 줄을 알려므나.”

춘향이 왈,

“나 그것도 되기 싫소.”

“네가 위로 갔는데도 싫단 말이냐?”

“위로는 갔다 해도 맷돌 밑짝을 주인 삼아 따라다니는 듯하여 그것

도 되기 싫소.”

이리하여 이 도령은 천하의 유명한 시인인 이태백보다 좋은 시를

한 수 노래로 부르게 되었는데.

“그러면 너 죽어 될 것이 있다

너는 죽어 명사십리 해당화되고

나는 죽어 나비 되어

나는 네 꽃송이 물고

너는 내 수염 물고
봄바람이 선뜻 불거든
너울너울 춤을 추며 놀아 보자
사랑 사랑 내 사랑이야
이리 보아도 내 사랑
저리 보아도 내 사랑
이 모두 내 사랑이면
사랑에 빠져 살 수 있나
어화 둥둥 내 사랑
네 예뻐 내 사랑이야
방긋방긋 웃는 것은
꽃 중의 꽃 모란화가
하룻밤 가는비 내린 뒤
반쯤만 피고자 한 듯한 모습
아무리 보아도 내 사랑이로구나."

업어주기 놀이와 말놀음

한바탕 노래를 불러제낀 이 도령은 차츰 심심해져서 이제는 슬슬 장난질을 치고 싶어졌것다.

"춘향아, 우리 둘이 업어주기 놀이를 하자꾸나."

"애고 참, 망측해라. 업어주기를 어떻게 하오?"

"업어주기는 천하에 쉬운 것이다. 내 등에 업히어 목을 꼭 잡고 있으면 되는 것이니라."

"업고 놀다 넘어지면 어쩌시려오?"

"넘어지면 좋지. 일부러라도 넘어지고 싶구나."

"애고, 나는 못 하겠오."

드디어 이 도령이 춘향이를 업었것다.

"아따, 똥집이 굉장히 무겁구나. 하여튼 내 등에 업힌 것이 마음에 어떠하냐?"

"더할 수 없이 좋소이다."

"좋냐?"

"좋아요."

이 도령은 "그러면 나도 좋다"며 또 사랑가를 부르것다.

"둥둥 내 사랑아, 이리 보아도 내 사랑, 저리 보아도 내 사랑. 양귀비를 업은 듯, 천하의 미녀 서시와 달기를 업은 듯, 아름답고 고운 내 사랑, 둥둥둥둥 어허 둥둥둥 내 사랑."

도련님이 춘향이를 방바닥에 내려놓고는,

"춘향아, 내가 너를 업어 주었으니 품앗이처럼 너도 나를 업어다오."

"제가 무거운 도련님을 어떻게 업어요?"

"내가 너를 업듯이 업으라는 게 아니다. 네 양 어깨에 내 두 팔을 늘어얹고 네가 다니는 대로 내가 징검징검 따라다니면 되지 않겠느냐."

춘향이 할 수 없이 도련님을 업었는데 이리 흔들 저리 흔들.

이 도령 왈,

"나는 너를 업고서 좋은 말을 했으니 품앗이처럼 너도 나를 업고 좋은 말을 해야지."

춘향이는 하도 부끄러워서 서방님 소리는 못하고 '방' 자는 빼놓고 '서' 자만 부르며 놀것다.

"둥둥 내 서, 둥둥 내 서. 도련님을 업고 보니 각 고을 사또를 업은 듯, 팔도 감사를 업은 듯, 이호예병형공 여섯 판서를 업은 듯, 영의정 좌의정 우의정 삼정승을 업은 듯. 둥둥 내 서, 둥둥둥둥 어허 둥둥 내 서."

이 도령은 그저 좋아서,

"춘향아, 내 말 들어라. 너와 내가 단둘이 노는데 뭐가 그리 부끄럽냐. '방' 자도 넣어 사랑가를 불러다오."

춘향도 이제는 부끄러움이 없어져서,

"둥둥 내 서방, 어화둥둥 내 서방. 이리 보아도 내 서방, 저리 보아
도 내 서방."

이 도령은 그저 좋아서,

"와야 와야 와야 와야."

이윽고 이 도령은 업어주기 놀이보다 더 재미있는 놀이를 생각해
냈는디. 이름하여 말놀음이것다.

"춘향아, 우리 말놀음이나 하여 보자."

"애고 참, 우스워라. 말놀음이 무엇이오?"

"천하에 쉬운 게 말놀음이다. 너는 온 방바닥을 기어다녀라. 나는
네 궁둥이에 딱 붙을 거다. 그 다음에 내 손으로 네 허리를 꽉 쥔 다
음, 내 손바닥으로 네 볼기짝을 탁 치면서 '이랴' 하거든, 너는 '흐
흥' 하고 말 울음소리를 내는 거다."

춘향이와 이 도령이 말놀음을 시작하것다. 그 모습 우습다. 둘이
엉금엉금 기어가며 이 도령이 춘향이의 엉덩이를 치자, 춘향이는 기
다렸다는 듯이 '흐흥' 하것다.

그러나 공부 많이 한 사람들이 온갖 장난만 할쏘냐. 몸으로 하는
말놀음 말고도 말을 가지고 하는 말놀음도 척척 잘하더라.

"춘향아, 내 말 들어라. 너와 내가 다정하니 다정할 정(情)이라는
글자를 가지고 말장난이나 하여 보세.

담담장강수 유유원객정(澹澹長江水 悠悠遠客情:강물은 구비구비 맑고
고요히 흐르고, 고향 떠난 나그네 마음도 멀리멀리 흐르는구나)

무인불견송아정(無人不見送我情:임은 가고 없어 보이지 아니하니 내

마음만 띄워 보내리)

그러니 탁정(託情:정을 주고받음)하다가

만일에 파정(破情:정이 깨짐)하면

복통절정(腹痛絶情:정을 끊는 아픈 마음)할까 걱정이 되니

지금부터 우리 둘이 진정(眞情:진실한 마음)으로

완정(琓情:정을 나눔)하세."

이 노래를 들은 춘향이는 감격하여 금세 눈물이라도 흘릴 태세. 이
렇듯 시간이 갈수록 둘 사이는 허물이 없어지고 정은 점점 깊어 가는
다. 옛말에 만남이 있으면 헤어짐이 있고, 기쁜 일이 있으면 슬픈 일
도 있다고 하였거늘…….

사또의 승진

이 도령은 시도 때도 없이 춘향을 보고 싶어했것다. 밤낮 없이 춘
향 집에 가서 살고 싶어서 늘 아버지 사또의 동정을 살피는디.
하지만 엄한 아버지를 뫼시고 사는 처지. 낮에는 집에서 안절부절못
하고 줄창 편지만 써대는디.

향기 나는 편지지에 맑은 바람 밝은 달이 피어나는 듯한 글씨로 사
랑의 이야기를 적고 그림도 그려 넣었것다. 날만 새면 하루에도 열두
통, 얼마나 편지를 써대는지, 방자는 아예 춘향 집 머슴이 되다시피
했것다.

그때 사또는 조정으로부터 높은 벼슬을 받아 다시 한양으로 올라
가게 되었으니 이 도령을 불러 놓고,

"너는 요즘 어디를 다니기에 책방에서 글 읽는 소리가 아니 나느
냐. 게다가 우리 집안에 경사가 난 줄도 모르느냐? 내가 한양으로 올
라가게 되었으니, 네가 먼저 어머니를 뫼시고 한양에 올라가 있거라.

나는 여기서 마무리를 하고 올라가마."

도련님이 이 말을 듣고 보니 눈물이 핑 돌것다. 집안으로는 경사로
되, 춘향과 헤어질 일을 생각하니 정신이 아찔했던 것이었것다. 사또
앞에서 눈물을 아니 흘리려고 눈을 또렷하게 힘주어 뜨고 있으나 눈
을 아니 깜박일 수 있으리오. 한 번 깜박이니 눈물이 주르르르.

사또, 이를 보고 놀라,

"너 이 자식, 어찌 우느냐?"

도련님이 엉겁결에 대답하되,

"이런 경사를 당하오니 돌아가신 할아버지 생각이 나서 울어요."

사또, 이를 들으시고, 철모르는 자식이 집안에 경사가 있다고 돌아
가신 할아버지를 생각해 우는 것이 신통방통하여,

"오냐 오냐, 울지 마라. 네 마음이 그럴진대 내 마음이야 오죽하겠
느냐."

도련님이 물러나와 저녁밥을 재촉했으되 밥이 목구멍을 넘어갈쏘
냐. 밥술을 뜨는 둥 마는 둥 먹고 나서 사랑하는 춘향의 집에 작별 인
사를 하러 나가는디.

길 나서니 온갖 생각 두루 난다. 점잖은 체면에 큰길가에서 울음
울 리 없건마는 옛일을 생각하니 신세 한탄 절로 난다.

"당나라 현종은 천하의 영웅이나 양귀비와 헤어질 때 울었었고, 항
우는 천하장사로되 우미인과 이별할 때 울었나니. 나 같은 소장부야
아니 울 수 있으리오. 이내 몸 춘향이를 두고 어딜 갈꼬. 두고 살 수
도 없고, 데려갈 수도 없으니 이를 장차 어찌할꼬. 데려간다면 부모
님이 반대할 테고, 두고 간다 하면 춘향이 성깔에 응당 목숨을 끊는
다 할 것이니 일이 참 난처하다."

길을 걷는 줄도 모르게 허위허위 춘향 집에 당도하니, 향단이는 봉

선화를 따다가 도련님을 얼른 보고 깜짝 반겨 나오면서,

"도련님 이제 나오시나요? 아가씨가 기다리오. 전에는 오실 때면 저희 집 담 밑에 신 끄는 소리 들리고, 춘향 아씨 방에 들면 기침소리 들려서 도련님 오시는 줄 알겠더니 오늘은 소녀를 놀리시려고 가만가만 오시는가요."

도련님은 말이 없이 대문 안을 들어서것다. 그때 춘향 어머니는 도련님 오시면 드리려고 밤참 음식을 장만하다 도련님 반겨 보고 손뼉치며 일어서서,

"허허, 우리 사위 오네그려. 남들도 사위가 이리 아질자질 어여쁘게 보이는가 모르겠네. 밤마다 보건마는 낮에 못 보아 원통하네. 사또 자제가 한 명이 아니라 두 명이 된다면 아예 데릴사위를 삼자고 하련만 그럴 수 없어서 안타깝네."

도련님은 대답 없이 방문 열고 들어가것다. 춘향이는 도련님 드리려고 촛불 아래 바느질상 놓고 약주머니에 수놓고 있는디. 마침 도련님 반겨 보고 붉은 입술 흰 치아를 살풋 열어 쌍긋 웃고 일어서며 하는 말이,

"오늘은 방자가 병들었소? 어디 먼 데서 친구가 찾아오셨오? 아니면 벌써 내가 싫어진 거요? 아니면 누구에게 내 험담을 들으셔서 정나미가 떨어졌소? 사또께 야단을 들으셨오? 무슨 일로 하루를 보내셨길래 편지 한 장 없사옵니까? 아, 거기 앉지도 못하시오?"

춘향은 혹시 이 도령이 술을 많이 마셔 제정신이 아닌지 의심이 들었것다. 이 도령의 입에 코를 바짝 들이대고 쌍긋쌍긋 맡아 보며,

"술 냄새도 아니 나는데."

이 도령이 혹시 저녁 이슬 새벽 바람을 잘못 맞아 감기라도 드셨는지 생각 들어 이마 위에 손을 얹어 찬찬히 눌러 보며,

"머리도 아니 더우신데."

이 도령의 겨드랑이에다 손을 넣고 콕콕콕 찔러 보아도 끝내 대답이 아니 나오것다. 드디어 춘향이 머쓱해져서 손길을 시르르 뒤로 놓고 물러앉아 이 도령에게 눈치 주며 하는 말이,

"내 몰랐소, 내 몰랐소. 도련님 속을 내 몰랐소. 도련님은 사대부댁 자제요, 춘향이는 미천한 기생의 딸. 도련님이 한때 나를 좋아하다 이제는 돌아서는 게 상책이라 작심하고 이별 인사를 온 모양이오.

그런 줄도 모르고 이 속 없는 계집은 '편지 없네, 늦게 오네' 짝사랑에 애를 태웠으니 그 꼴을 보기 오직 싫었겠소. 차라리 책방에 가만히 앉아 '그만 만나자'고 편지 써서 방자 통해 보내면 이년이 울며불며 '안 되오이다' 할 줄 알으셨오?

아니외다, 아니외다. 서방님 떠나시면 이 몸은 아들 없는 늙은 어머니를 모시고 독수 공방 수절하다 늙은 어머니 돌아가시면 정성들여 장례 지내고 삼년상을 치른 뒤 푸른 강물 맑은 물에 풍덩 빠져서 죽든지 말든지 내 뜻대로 할 것이외다.

이런 마음 모르시고 금부처마냥 돌부처마냥 아무 말 않고 떡 버티고 앉아 계시우? 내 말 듣기 싫어하는 표정 역력한데 말을 더 해도 쓸데없고, 나 보기 싫어하는 표정 역력한데 얼굴 계속 보이면 서방님 병 날 것이니, 나는 이제 우리 어머니 곁에 가서 잠이나 자렵니다."

춘향이 부드드득 일어서니 도련님이 억울하기도 하고 가슴도 답답하여 춘향의 치마 부여안고,

"게 앉거라, 그럴 리가 있겠느냐. 속 모르는 소리 마라. 말을 하면 네가 울겠기에 참고 또 참았더니 너 하는 거동을 보니 할 말은 해야겠다. 사실대로 말하자면 사또께서 높은 벼슬을 받아 한양으로 올라가시게 되었단다."

춘향이 반겨하며,

"아이고, 그러면 댁에는 경사나셨오그려. 내 평생 소원이 한양 가서 사는 것이었는데, 나도 이제 소원을 푸는구나. 도련님은 그게 좋아 우는 거요?

남원 땅 백성들은 좋은 사또 떠난다고 원통하다 울겠지만, 댁께서는 경사이온데 춤을 추기는커녕 이렇게 울음 우시오니, 댁 문중에는 이런 경사에는 한바탕 우는 전통이 있나 보오.

아니면 도련님 한양 가실 때 내가 따라가지 아니할까 두려워서 우는 거요? 걱정 마소, 옛말에 여필종부[1]라 하였으니 도련님이 어머니 모시고 먼저 한양 올라가시면 나는 여기서 집안 살림 다 내다 판 뒤에 늙은 어머니와 함께 따라 올라가려오."

---

1) 女必從夫 : 아내는 반드시 남편을 따라야 함.

한양에서 만나자고 조르는 춘향

"나는 튼튼한 가마꾼을 골라 가마 타고 밤낮으로 한양으로 올라 가리다. 집은 남대문 밖 좋은 곳에 깨끗한 초가집을 얻어서 도련님께 알려드리고, 그러면 도련님은 나귀 타고 가만가만 놀러 오시오.

도련님 처지에 아버님 눈치가 보이므로 자주자주 들르지는 못할 터이니, 한 달에 두어 번만 놀러 오시오. 그러다가 도련님이 글공부에 힘써 과거에 급제하고 벼슬길에 높이 올라 동대문 서대문 남대문 북대문 밖을 다니실 때가 되어 저와 함께 다니시면, 살이 썩고 뼈가 삭는들 그 정분이 어떻겠소."

이 말을 들으니 도련님은 속이 더 답답하여,

"네 말을 들으니 좋은 말만 골라서 하는구나, 세상 편한 말만 늘어놓는구나. 그렇게 못 하니까 이토록 답답하지. 네가 만일 한양으로 올라오면 만나 보니 좋지마는, 너를 어디다 숨겨 놓고 남 모르게 다닐 수 있겠느냐.

한 명이 알고 두 명이 알고 차례차례 알게 되면 춘향이 너는 꼼짝 없이 기생 취급받게 된다. 내가 아무리 양반이라도 사람들이 너를 기생으로 알게 되면, ‘내 여자이니 건들지 마라’고 말할 수가 있겠느냐.”

“오오, 그럼 이별을 하자 그런 말이오?”

“이별이야 되겠느냐마는 아마도 먼 훗날에 만날 기약을 해야 하겠구나.”

춘향이 이 말을 듣더니 얼굴이 푸르락붉으락. 이 도령에게 사생 결단으로 달려드는구나. 분꽃 같은 얼굴은 저절로 숙여지고, 구름 같은 머리는 스르르 흩어지고, 앵두 같은 입술은 오이같이 노래지고, 샛별 같은 두 눈은 도련님만 무뚜뚜루미[2] 바라보네. 아무 말 못 하고 한숨만 후우. 바야흐로 얼굴이 죽은 빛을 띠는구나.

도련님은 겁이 나서 춘향의 목을 부여안고,

“아이고, 사람 죽네. 춘향아, 정신차려라. 내가 가면 아주 가는 게 아니라 나중에 만나자는 뜻이다.”

춘향이 그제야 정신을 추스리고,

“여보시오, 도련님. 무엇이 어쩌고 어째요? 이별이 웬말이요, 참말이요, 농담이오. 도련님은 저기 앉고 춘향이는 여기 앉아, 뽕밭이 바다가 되고 바다가 뽕밭이 되도록 헤어지지 말자고 하늘과 땅에 맹세하고 해와 달을 증인으로 삼지 않았소. 끝내 갈 때가 되니까 정을 뚝 떼어 버리니, 이팔 청춘 젊은 이년 독수 공방 어이 살꼬. 못 하지 못 해, 나를 두고 못 가리다.”

그때 춘향의 어머니는 낮잠에 이어 초저녁잠을 실컷 자다가, 도련님에게 드리려고 밤참 음식을 준비하다가, 춘향의 방에서 울음소리 낭자한 소리를 듣고는 그저 사랑 싸움인 줄 알았것다.

"아이고 저것들. 또 사랑 싸움을 하는구나. 싸움이 길면 이별하기
쉬우니 내가 가서 싸움을 말려야겠구나."

춘향의 어머니가 싸움을 말리러 부엌에서 나오는디.

---

2) 무뚜뚜루미 : 물끄러미.

월매의 눈물

춘향 어머니 나온다, 춘향 어머니 나온다. 춘향 어머니 하던 일 멈추고 우당탕탕 나온다.

하지만 춘향 방에 귀를 대고 들어 보니 정녕 이별 이야기로다. 춘향 어머니 기가 막혀 마루 위로 선뜻 올라 두 손뼉 땅땅 치며,

"허허 별일이야, 우리 집에 별일이야."

방문을 홱 열어젖히고 주먹 쥐어 딸 겨누며,

"네 요년, 썩 죽어라. 그러면 너 죽은 시체라도 이 양반이 지고 갈 것 아니냐. 내가 지금까지 너에게 무엇이라고 일렀느냐. 후회하기 십상이니 신분도 너와 같고 인물도 너와 같은 봉황 같은 짝을 만나야 너도 좋고 나도 좋다고 하지 않았더냐. 네년이 글깨나 읽고 마음도 너무 고고하여 남들과 다르고 잘난 듯이 보이더만, 결국은 이렇게 잘됐구나."

딸 꾸짖어 내어 놓고 도련님께 달려들어,

"여보, 여보, 도련님. 무엇이 어쩌고 어째요? 내 딸 어린 춘향이를 버리고 간다 하니 무슨 일로 그러시오. 내 딸 춘향이가 도련님에게 수건과 머리빗을 받아 시집간 것이나 마찬가지거늘, 1년이 지난 이즈음에 무슨 일로 떠나시오.

춘향이의 행실이 그르던가, 언어가 오만불손하던가, 하는 짓이 잡스럽고 횡하던가, 아니면 춘향이가 길가의 버들이나 담장 밑의 꽃처럼 아무나 꺾는다고 꺾이는 행실인가, 얼굴이 밉든가, 글이 짧은가. 어느 무엇 그르기에 이 지경이 웬일이오.

내 딸 춘향일 사랑할 때는 서로 손잡고 안고 서고 눕기를 일 년 삼백육십 일. 수천 년 수만 년 떠나서 살지 말자고 밤낮으로 맹세하더니 이제 와서 뚝 떼어 버리려 하오이까.

떠나는 바람을 실실이 수많은 버들가지가 어찌 붙잡을 수 있겠으며, 어느 나비가 꽃 떨어진 나무 위로 돌아올꼬.

옛말에 이르기를 여자를 쫓아낼 때도 법도가 있는 거요. 시부모에 순종 않고, 자식새끼 못 나으며, 음탕한 행동 즐겨 하며, 밥 먹듯이 질투하고, 고약한 병 오래 앓고, 남들 입에 방아 찧으며, 남의 물건에 손댄다. 이러해야 여자를 쫓아낼 수 있거늘, 그러면 우리 딸 춘향이가 남의 물건 훔쳤소? 남들 입에 방아 찧였소? 고약한 병 오래 앓았소? 밥 먹듯이 질투했소?

그리고 도련님이 가시고 나면 우리 딸 춘향이 꼴이 어떻겠소. 맑은 달빛 한밤중에 낭군 생각 간절하여 연못가를 거닐다가 눈물 씻고 북녘을 가리키며 또 울고, 그러다가 방으로 우르르 들어가 입은 옷도 아니 벗고 외로운 베개 끌어안고 벽 만지며 밤낮으로 끌끌 우는 그 모습이 아니 뵈오? 늙은 에미가 아무리 좋은 말로 달래어도 아니 듣고, 꾸짖어도 아니 듣고, 시름이 깊어 골병 들어 고치지도 못하고 원통히 죽으면 칠십 먹은 이 늙은 년은 사위 잃고 딸 죽어서 까마귀가 게 다리 물어다 던진 듯이 혈혈단신 될 것이니, 불쌍한 이내 몸은 누굴 믿고 험한 세상 살아갈꼬. 못 가네, 자네 못 가. 몇 사람을 죽이려고 도련님은 떠나는가."

월매가 어찌나 소리를 지르던지, 춘향은 놀라 웃목으로 도망가고, 향단이도 놀라 부엌으로 숨어들고, 자다 깬 삽살개도 저 뒷간으로 도망가고, 도련님은 눈을 휘둥그레 뜨고 아랫목에 바짝 쪼그리고 앉더라.

"여보 장모, 그리 마오. 내 춘향이 반드시 데려감세. 뭐 좋은 수가 있을지나 생각해 보세."

춘향이 이 말을 듣고,

"아이고 어머니, 도련님을 그리 조르지 마오. 도련님이 오죽 답답하고 민망하면 저리 풀 죽었겠소. 이제 어머니는 그만 우시고 건넌방으로 건너가시오. 도련님은 내일이면 별 수 없이 가신다니 밤새도록 말이나 실컷 하고 울음이나 실컷 울고 보낼래요."

춘향이 어머니는 더욱 기가 막혀,

"못 한다, 못 해. 네 맘대로는 못 한다. 저 양반 가신 후에 네 오장 육부 다 녹겠다. 도련님을 보낼 때 보내더라도 네가 죽은 뒤에 보내고, 관 속에 실려서라도 한양에 따라가라. 모름지기 아녀자는 지아비를 따르라 하였으니 너의 서방 따라가라. 나는 모른다, 너희 둘이 죽든지 살든지 나는 모른다."

춘향 어머니가 건넌방으로 건너가자 춘향이 다시 울음 울며,

"여보시오, 도련님. 진정으로 가실 테요? 나를 어쩌고 가실려오. 이제 가면 언제 오오, 올 날이나 일러 주오.

어젯밤에 진 꽃이 다시 펴야 오시려오, 높다란 봉우리가 평평해지

거든 오시려오. 말 대가리에 뿔이 나거든 오시려오, 쇠뿔이 닳아 없어지거든 오시려오. 까마귀 털이 희어지면 오시려오, 백로 털이 검어지면 오시려오.

아니오, 아니오. 바늘 가는 데 실 가듯이 나는 따라가려오. 용 가는 데 구름 가듯, 호랑이 가는 데 바람 가듯 천릿길이라도 만릿길이라도 나는 따라가려오."

도련님도 기가 막혀,

"오냐, 춘향아. 울지 마라. 남편을 전쟁터에 보낸 오나라의 아낙들은 독수 공방 장장 삼 년 내내 임 그리다가 늙어 갔고, 남편을 관산 보낸 월나라의 아낙은 연뿌리를 캐어 가며 천리 밖 남편을 그리워했느니. 너와 나의 깊은 정은 만날 날이 있을 테니 쇠끝같이 모진 마음 화롯불에도 녹지 말고 대나무같이 곧은 절개로 내가 다시 오기만을 기다려라."

둘이 서로 부둥켜안고 엉엉 울 때, 어느새 동쪽 창문이 희번이 밝아 오니, 방자가 충충 나오것다.

"도련님 어쩌시려고 이러시우. 사또께서 도련님 찾느라 야단났소. 어서어서 가십시다."

슬픈 이별

도련님 하릴없이[3] 방자에게 붙들려 정신 없이 돌아가며,

"춘향아, 나는 간다. 너는 부디 울지 말고 어머니와 잘 있거라. 나는 꼭 돌아온다."

춘향이는 도련님을 허망히 보내고 마음이 정처 없어,

"향단아, 술이나 한 상 차려라. 도련님 한양 가시는 길에 술이나 한 잔 드려 보자."

허겁지겁 술상 차려 춘향이는 향단이를 앞세우고 동구 밖을 나가것다. 춘향의 꼴 좀 보소. 치맛자락 끌다 눈물 흔적 씻으면서 이리 비틀 저리 비틀 정황 없이 나가것다.

동구 밖에 당도하여 잔디밭 넓은 땅에 술상을 내려놓고 두 다리를 쭉 뻗고 정강이를 문지르며,

"아이고, 내 신세야. 이팔 청춘 젊은 년이 서방 이별이 웬일이냐. 내가 이리 살지 말고, 도련님 타고 가실 말의 고삐에 목을 매서 죽어

버릴까 보다."

춘향이 이리 슬피 우는디.

이 도령이 한양으로 가는 길. 말 두 필이 끄는 가마인 쌍교도 나오고, 말 한 필이 끄는 독교도 나오것다. 쌍교 독교 앞서거니 뒤서거니 하는디, 왼쪽 오른쪽으로는 포졸들이 구름같이 뭉게뭉게 경호를 하것다. 그 뒤를 바라보니 노새 등에 이 도령이 앉았는디. 이 도령 꼴 좀 봐라. 마치 아버지가 죽어 초상을 당한 듯 훌쩍훌쩍 울고 있것다.

이 도령이 동구 밖을 허위허위 지나갈 때, 어디선가 구슬픈 울음소리가 귀에 언뜻 들리거늘,

"이 애, 방자야. 이 울음이 웬일이냐?"

"도련님, 귀도 밝소. 울음이 웬일이오, 아무 소리도 안 들리는뎁쇼."

"이 녀석아, 정나미 떨어지는 소리 하지 말고 춘향이가 나와서 우는지 어서 좀 살피고 오너라."

방자가 이 도령의 분부를 듣고 충충충 갔다 오는디, 이놈이 춘향이보다 더 서럽게 울면서 돌아오것다.

"어따, 우는디요, 우는디요."

"이놈아, 누가 우느냔 말이다."

"누가 그리 울것소? 춘향이가 나와 우는디, 잔디를 뜯어서 반찬을 만든다면 세 끼는 먹을 수 있을 만큼 잔뜩 뜯으며 울고 있고, 땅을 얼마나 치면서 울었는지 땅이 사람 키만큼 움푹 패여 놓았습니다요. 사람의 눈으로는 차마 못 볼 지경입니다요."

도련님이 이 말 듣고 말 아래로 급히 뛰어내려 우루루루 내달려 춘향의 목을 안고,

"춘향아, 네가 이것이 웬일이냐. 네가 집에 퍼질러 앉아 잘 가라고

말을 해도 내 애간장이 다 녹아 떨어지거늘, 네거리 쩍 벌어진 데서 이 울음이 웬일이냐. 울음 울면 눈도 퉁퉁 붓고, 목도 쉬고, 골머리도 아프니라. 이제 울음 그치거라."

춘향이 기가 막혀,

"아이고, 도련님. 참으로 못 가지요. 나를 죽여 이 자리에 묻고 가면 갔지, 나를 살려 두고는 한 발짝도 못 가요. 향단아, 술상 이리 가져오너라."

술 한 잔 부어잡고,

"도련님 약주 한 잔 잡수. '금일송군 수진취' [4]라는 시 구절도 있으니 술이나 한 잔 잡수시우."

도련님은 술 한 잔 받아들고,

"세상에 못 먹을 술이로다. 결혼할 때 신랑 신부가 나누어 먹는 합환주는 먹으려니와 이별주라고 주는 술은 내가 먹고 어이 살리."

이에 춘향이가 가락지를 빼내어,

"옛소, 도련님. 가락지 받우. 소녀의 굳은 마음 가락지처럼 빛나리니 진흙 속에 묻어 둔들 변할 리가 있으리까. 이 가락지를 볼 때면 나를 보듯 두고두고 살펴보오."

이 도령은 가락지를 넣어 두고 거울을 내주며,

"장부의 맑은 마음 거울빛과 같을지니, 이 거울을 볼 때면 나를 보듯 두고두고 살펴보오."

서로 받아 품에 넣고 둘이 서로 꼭 붙들고 떨어지지 않는구나. 방자가 이 모양을 보다가 답답하여,

"도련님, 어쩌려고 이러시우. 점잖으신 도련님이라면 이별을 할 때도 점잖게 '춘향아, 잘 있거라' 하는 것이지요. 그러면 춘향도 '도련님, 잘 가시오' 하는 것이지요. 그 두 마디만 하여도 그 안에 세상의

모든 이치가 다 들어 있고, 할 말이 다 들어 있는 것이거늘, 이게 무슨 추태요. 이제 그만 돌아갑시다. 향단아, 너희 아씨 부축해라."

도련님, 하릴없이 방자에게 붙들리어 말 위에 올라앉아,

"춘향아, 나는 간다. 너는 부디 울지 말고 어머니와 잘 있거라."

춘향이도 일어나서 한 손은 들어올려 말고삐를 부여잡고, 다른 한 손은 내밀어 도련님의 다리를 끌어안고,

"아이고, 여보 도련님. 한양이 멀다 말고 소식 자주 전해 주오."

말은 이제 떠나자고 발굽을 치켜드는디, 춘향은 고삐를 부여잡고 놓을 줄을 모르것다.

이때 미운 짓만 골라서 하는 방자는 '이랴' 하며 말을 툭 차서, 말은 따랑 따랑 따랑따랑 따랑따랑따랑따랑 훠어이 훠이 달려가는디. 춘향이는 계속 따라갈 수도 없고 높은 언덕 올라가서 이마 위에 손을 얹고 도련님 가시는 데만 물끄러미 바라보니 시간이 흐를수록 도련님 모습이 작게작게 보이더라.

처음에 보름달만큼 보이다가, 별만큼 보이다가, 나비만큼 보이다가, 불티만큼 보이다가, 코딱지보다도 작게 보이다가, 아련히 보이다가, 드디어 마지막 고개를 아주 깜빡 넘어가거니,

"우린 도련님 그림자도 볼 수가 없구나."

춘향이, 그 자리에 픽석 주저앉것다.

"아이고, 허망하네. 가네 가네 하시더니, 이제는 참말로 가고 영영 가버렸네. 내 신세를 어이 할꼬. 집으로 가자 하니 도련님과 엉킨 추억 떠오를 테니 가기 싫고, 집으로 아니 가고 죽어 버리자 하니 늙으신 어머니가 불쌍하고. 죽지도 살지도 못하는 이 신세를 어이 하면 좋을꼬."

이리 앉아 울음 울 때, 향단이도 곁에 앉아 푸념하며 우는디,

"나이 어린 도련님이 어찌 그리 점잖고, 인정 많고, 글 잘 읽고, 글씨도 잘 쓰고, 아무리 장난을 쳐도 어찌 그리 붙임성이 있고, 웃음을 웃어도 어찌 그리 복스럽더니, 이제는 그 웃음소리 언제 듣고 그 장난치는 모습을 언제 다시 볼꼬. 내 마음이 이럴진대 애기씨 마음은 오죽할꼬. 애기씨, 울지 마오."

이때 춘향의 어머니는 아무리 기다려도 춘향이 아니 오니, 서러운 마음 짓누르며 동구 밖을 찾아 나와,

"아가, 춘향아, 들어가자. 늙은 에미는 생각지 않고 어쩌자고 이러느냐. 이 에미를 생각하여 울지 말고 들어가자."

요런 말 저런 말로 춘향이를 타이르고 어르니, 어린 춘향이가 절개만 곧은 게 아니라 효성 또한 지극하여 어머니 말을 거역하지 못하고 집으로 들어가것다.

---

3) 하릴없이 : 어쩔 수 없이.
4) 수일送君須盡醉 : 오늘 님을 보내나니, 모름지기 술에 잔뜩 취해 보세.

꿈아, 무정한 꿈아

춘 향이는 비를 맞은 제비처럼 이리 비틀 저리 비틀 '갈 지(之)'자 비틀걸음으로 걸어가서 제 방으로 들어가것다.

"향단아, 발 걷고 문 닫아라. 이제 님을 볼 수 없으니, 잠시 잠깐 조는 사이에 꿈이라도 꾸어서 도련님을 만나 보자."

향단이가 방문을 닫아 주자 춘향은 눕기는커녕 방 가운데 주저앉는디.

"아이고 어쩌리. 도련님 만난 일이 꿈속에서 벌어진 것이냐, 아니면 도련님 이별한 일이 꿈속에서 벌어진 것이냐. 꿈이거든 깨워 주고 생시거든 임을 보자."

춘향이는 이제 베개 위에 엎드려 펑펑 울려 하다가 어머니가 알면 걱정을 끼칠까 크게 울지도 못하고 속으로 흐느끼것다.

"아이고, 언제 볼꼬. 우리 도련님도 나를 생각하며 이렇게 서글프게 울까. 지금쯤 저녁은 잡수셨을까. 앉아 있을까, 누워 있을까. 아이고, 우리 님을 언제나 다시 볼꼬."

한숨 쉬며 울다가 춘향이 설핏 잠이 들었는디. 도련님이 떠날 때의 그 맵시로 푸른 도포에 붉은 허리띠 매고 가죽신을 끌면서 충충충 나오더니 춘향의 방 문고리를 지그시 흔들더라.

"춘향아, 잠 자느냐. 내 왔다, 문 열어라."

도련님이 춘향이를 두세 번 부르되 대답이 없자 돌아서서 발을 동동 구르며,

"역시 계집이라 하는 사람은 무정한 것이로구나. 나는 저를 잊지 못해 한양 가다가 다시 돌아왔거늘, 저는 나를 영영 두고 두 발 뻗고 잠만 쿨쿨 자다니. 나는 간다, 잘 살아라."

충충충 나가것다. 춘향이 반가움에 깜짝 놀라 깨어나 방문을 펄쩍 열고 큰 눈 뜨고 바라보니 도련님 도포자락이 바람결에 흩날리것다. 춘향이가 도련님을 붙잡으려 우루루루 달려나갔으나, 도련님은 간 곳 없고 도포자락 흔적 없고, 파초 이파리만 너울너울 반딧불만 반짝반짝. 춘향이가 기가 막혀 그 자리에 주저앉아,

"아이고, 허망하네. 꿈아 무정한 꿈아. 오신 님을 붙들어 두고 잠든 나를 깨워 줄 것이지……."

제 방으로 들어가 촛불을 이웃 삼아 옛 책을 벗으로 삼아 긴긴 밤을 지내는디, 어디까지가 꿈이고 어디까지가 생시인지 춘향이도 잘 모르더라.

하루가 가고 이틀이 가고, 열흘이 가고 한 달이 가고, 날이 가고 달이 가고, 해가 지날수록 임 생각이 뼛속으로 파고든다.

"도련님 계실 때는 밤이 짧아 한이더니, 도련님 떠나시자 밤이 길어 원수로다. 도련님 계실 적에 바느질을 하노라면 도련님은 책상 놓고 『소학』『대학』『예기』『시경』『춘추』『시경』『서경』 옛 책을 읽어

가다, 나를 흘끗 돌아보고 와락 뛰어 달려들어 나의 허리 부여안으며 '얼씨구나, 내 사랑이야' 하던 일이 생각나는구나.

그 중 더욱 간절한 일은 이별하기 며칠 전에 '어여뻐라, 창 아래의 그윽한 대나무여. 맑은 그늘 그대로 지닌 채 나의 돌아옴을 기다리누나'라는 시를 적어 주시길래, 나는 그저 좋은 말인 줄 알고만 있었는데 이제 와 생각하니 이별을 하시려고 진심으로 쓰셨구나. 진즉 눈치 채고 말렸어야 하거늘 이제야 후회하네."

춘향은 그리하여 달이 떠도 님 생각, 봄바람이 불어서 복숭아꽃과 배꽃이 피는 밤에도 님 생각, 밤비 죽죽 오는 소리만 들려도 님 생각, 가을 가고 겨울 오면 '뚜루루 끽룩' 울고 가는 기러기 소리에도 님 생각, 앉아도 생각, 서도 생각, 누워도 임 생각. 생각 그칠 날이 없어 모진 간장에 불이 탄들 어느 물로 그 불 끄나. 울음 울며 세월 보내는구나.

사또 행차 풍경

그 때 사또는 올라가고 새로운 사또가 내려오시게 되었는디. 이 번에는 어떤 분이 내려오시는고 하니, 서울 남산골에 사는 변학도 씨라는 분이것다.

이분 성품으로 말할 것 같으면, 탐 많고 욕심 많고 술과 여자를 좋아하것다.

그런 고로 가는 곳곳마다 말썽을 일으키되 집안이 좋고 부유하므로 벼슬에서 쫓겨나지 않고 남원 사또 자리도 얻었것다.

남원 땅에 내려가 잘 다스리는 게 아니라, 남원의 성춘향이가 미인이라는 말을 듣고 얼른 남원 땅으로 내려오것다.

그가 남원 땅으로 오는 행차 광경이 더욱 볼 만하다.

새로 부임하는 변학도가 내려올 때, 우선 타고 오는 가마부터 남다르다. 가마 옆구리는 꽃무늬를 새긴 창, 네 활개를 쩍 벌려 굳센 말에 덩덩그렇게 실려 있네. 가마 뒤에는 뒷채잡이[5]가 힘을 주어 팔뚝에 힘줄이 푸르르.

남산에서 출발하여 벌써 남대문 밖을 썩 내달아, 지금의 서울역 부근인 칠패 팔패를 지나, 이제는 청파동, 이제는 배다리[6]를 넘었구나. 좌우 산천 둘러보니 꽃은 피어 흐드러지고 버들잎은 푸릇푸릇. 사또를 따라다니는 아전과 하인들, 이호예병형공 육방들, 포도청 소속 병졸들이 가마를 뒤따라서 십 리쯤 갔을 적에 사또가 드디어 입을 여는구나.

그 첫마디가,

"마부야, 고삐 잘 잡고 말 몰아라. 잠시도 마음놓지 말고 든든히 끌어라."

마부의 모습도 보기 좋다.

키 크고 잘 걷고, 맵시 있고 어여쁘고, 힘세고 영리해 보이는 저 마부.

망건에는 자줏빛 당줄,[7] 비단 갓끈을 넓게 달아 한쪽을 기울여 삐딱하게 쓰고, 겨울 저고리 위에 조끼처럼 입는 배자도 입고, 팔뚝에 껴서 추위를 막는 토시도 끼고, 저고리는 앞자락을 맵시 있게 뒤로 돌쳐 잡아매고, 비단 쌈지에 비단 돈주머니, 은장도를 비껴 차고, 누비바지에 길목버선,[8] 짚신 신고 초롱 대님을 매었것다.

행차가 경기도를 지나가고 충청도 지나가고 전라도 전주 지나 남원에 다다르니 기생들이 두루 나와 예쁘게 차려 입고 기다리는디. 기생들 모습이 화사하여 선녀들처럼 보이는구나. 북, 장고, 해금, 가야금, 피리 소리가 절로 난다.

신관 사또가 동헌에 자리하면, 으레 이호예병형공 육방 먼저 불러 모으는 게 일이거늘, 이번 사또는 어쩐 일인지 춘향이 보고 싶은 마음에 기생을 먼저 찾더라.

"육방은 내일로 미루고 기생부터 불러모아라."

명령을 내리니 동헌이 어수선해지고 떠들썩해지는디.

---

5) 뒷채잡이 : 가마나 상여 등 들것의 뒷부분을 잡고 메는 사람.
6) 배다리 : 지금의 이수교로서, 서울의 반포와 사당을 잇는 다리.
7) 당줄 : 망건에 달아 상투에 돌려 매던 줄.
8) 길목버선 : 먼길 떠날 때 신는 허름한 버선.

기생들을 전부 불러모으다

호방이 기생 이름을 부른다.

"우두머리 기생 월선이."

월선이가 들어온다. 치맛자락 걷어올려 가슴에 고이 안고 아장아장 들어온다.

"비온 뒤 뒷동산 위에 뜨는 달, 명월이."

명월이가 들어온다. 치맛자락을 걷어 안고 엉덩이를 흔들며 들어온다.

"여봐라, 수많은 기생을 하나하나 부르다가는 이 달 안에 다 못 끝내겠다. 자주자주 불러라."

사또가 재촉하니 호방이 눈 흘기며 한 장단에 둘씩 셋씩 막 주워 부르것다.

"님 사랑 일편 단심 단심이, 돼지꿈 같은 복덩어리 복순이, 구슬처럼 또랑또랑한 주옥이……."

한꺼번에 서넛을 부르니 사또가 손을 내저으며,

"워라워라. 지금 들어온 기생은 얼굴도 못 봤고 이름도 잘 모르겠다. 얼굴을 알아볼 만큼 불러라."

이제는 호방이 넉 자 장단으로 기생을 부르것다.

"아침에는 구름 되고 저녁에는 비가 되는 초나라의 양 대선이, 비 온 뒤에 생기나는 버들가지 춘홍이, 님 그려도 못 만나니 가련하다 반월이, 대나무 속 홀로 있어 그 향기가 그윽하다 금선이, 모두모두 나왔느냐."

"예이, 대령했나이—다."

"그러면 오동나무 거문고를 시리렁둥덩 잘 타는 탄금이 나왔느냐."

"예이, 대령했나이—다."

"장삼 소매 들어 매고 아장아장 걷는 걸음 무선이 나왔느냐."

"예이, 대령했나이—다."

"이 산 명옥이, 저 산 명옥이, 양 명옥이 나왔느냐."

"예이, 대령했나이—다."

"아들 날까 했더니 또 딸을 낳았다고 섭섭해서 지은 이름, 섭섭이 나왔느냐."

"예이, 대령했나이—다."

"새벽녘 난초 위에서 함초롬이 반짝이는 혜동이 나왔느냐."

"예이, 대령했나이—다."

"그 밖에 새침떼기 윤덕이, 좌충우돌 유미, 어리광쟁이 희연이, 멀리 경상도에서 온 은정이 나왔느냐."

"예이, 대령했나이—다."

모든 기생들이 차례로 나왔어도 춘향은 끝내 없거늘 사또 물으시

되,

"너희 고을에 춘향이라는 기생이 있다는데 오늘 참석하지 않았으니 웬일이냐."

호방이 대답하기를,

"아뢰옵기 황송하오나, 춘향은 본래 기생이 아니오라 양반이 기생을 통해 낳은 아이로서, 종년을 대신 관청에 바치고 기생에서 빠져나간 줄 아뢰오. 또 구관 사또 자제인 이몽룡 씨와 백년 언약을 맺고, 이 도령이 한양 올라가신 후에 수절하고 있나이다."

사또 들으시고,

"거 희한한 말을 다 듣겠구나. 들으매 춘향 에미 월매도 있다 하니 월매 먼저 불러 오너라."

사또가 월매를 불러 세워 놓고 말을 하는디,

"들으니 네 딸이 천하의 미인이라는구나. 구관 사또 자제를 위해 수절을 한다지? 내가 별장을 내줄 테니 그리 알아라. 나 또한 아직 부인이 없으니 춘향이를 다만 기생이나 첩으로 대우하겠느냐.

나를 잘 보살피면 많고많은 재산들도 춘향이의 차지가 될 것이니 꺼릴 게 뭐 있겠느냐. 네 나이도 들어 뵈니 늙은 뒤의 처지를 헤아려 보아라. 좋은 운수가 항상 있는 법이 아니니라."

하지만 월매 가로되,

"변변치 못한 딸자식이 구관 사또 자제와 백년 언약을 한 후에 도련님이 떠났어도 독수 공방을 고집하니, 아무리 어미라도 절개 굳은 자식에게 그르다고 말할 수 있겠나이까. 말은 해보겠지만, 아니 될 듯하옵니다."

사또, 그 말을 듣고 한층 더 솔깃하여,

"그러기에 춘향이가 기특하다 하지 않느냐. 나도 한번 알게 되면 춘향이가 나를 이 도령 섬기듯 좋아하게 될 것이니 걱정 말아라. 그리고 에미 말을 아니 듣는다면 효성이 없는 것이니, 네가 잘 타일러 보아라."

춘향을 바삐 잡아들이는 사또

이렇듯 춘향의 어머니 월매를 시켜 여러 차례 달래고 구슬러
도 춘향의 태도에 변화가 없자 사또 드디어 화를 벌컥 내것
다.

"그년이 괘씸한 년이지. 지 주제에 수절? 지가 수절이면 사대부 댁
에서는 요절을 하겠구나. 춘향을 바삐 불러들여라."

다른 때 같았으면 사또가 포졸이나 심부름꾼을 보내 억지로라도
끌고 왔을 터이지만, 이번에는 예의를 갖춰 춘향을 설득시키려고 우
두머리 기생을 시키것다.

"춘향 집에 빨리 가서, '사또께서 부르시니 아니 오면 큰일이 날
터이니 곧 오라'고 전하거라."

우두머리 기생이 나간다. 우두머리 기생이 나간다.

좁은 길 넓은 길을 허위허위 지나서 춘향 집 앞에 당도하여 손뼉을
땅땅 두드리며,

"정절을 지키는 애기씨, 수절하는 마누라야. 너만 그리 잘났냐. 너 때문에 방들이 두려워서 벌벌 떨며 하루하루 죽어난다. 사또에게 들어가자. 집에서 나오너라."

사또가 설득을 시키라고 분부했거늘, 우두머리 기생은 춘향에게 질투심도 생기고 자기 처지가 딱하기도 하여, 춘향을 놀려 가며 억지로 데려가려 하것다.

이에 춘향 왈,

"아이고 여보 형님. 이내 몸도 글공부를 십 년 넘어 하였으니, 자근자근 말하여도 알아듣건마는 부젓가락 끝마디 떨 듯 땅땅 떨며 부르는가. 마소, 마소, 그리 마소."

춘향의 말을 듣고 우두머리 기생이 좀 수그러들었것다.

"여보소, 춘향 각시. 사또 명령이 지엄하여 부득이 나왔으나, 춘향 각시 처지를 내가 모르는 바 아니니 사또께 들어가서는 좋은 말로 꾸며댈 터이니 안심하소. 그럼 잘 있게나."

간사한 우두머리 기생이 춘향과 작별하고 사또에게 들어와서는 춘향을 헐뜯는디. 큰 톱보다 더 세게 헐뜯것다.

"죽으면 죽었지, 못 간다 하더이다."

사또, 벌컥 화를 내며,

"그런 요망한 것 같으니라고, 춘향을 바삐 잡아들여라."

관청 심부름꾼들이 나간다. 산짐승 털로 만든 벙거지에, 그 안에는 햇살 무늬 비단옷을 받쳐 입고, 가슴에는 호랑이 그림 떡 붙이고 거들먹거리며 나간다.

"잘 걸렸다, 잘 걸렸다. 춘향이 그년 잘 걸렸다. 양반 서방 얻었다고 우리를 짚신 보듯 개똥 보듯 깔보더니 우리한테 잘 걸렸다, 잘 되고 잘 되었다."

이런 와중에도 춘향은 도련님 생각만 간절하여,

"갈까 보다, 갈까 보네. 님을 찾아갈까 보다. 어이 하여 못 오시나. 바람도 쉬어 넘고 구름도 쉬어 넘고 송골매도 쉬어 넘는 눈 덮인 저 고개. 우리 님이 왔다 하면 나는야 쉬지 않고 저 고개를 한달음에 넘으련만 야속하신 도련님은 가시더니 영영 잊고 편지마저 끊으셨네. 하늘의 견우님은 은하수가 막혔어도 일 년에 한 번은 오시건만 한양 가신 우리 님은 무슨 물에 막혔길래 가시더니 못 오시나."

이렇듯 서럽게 울 때, 향단이 급히 뛰어들어오것다.

"아이고, 애기씨. 큰일났소."

춘향이 문 밖을 내다 보니 벙거지를 쓴 남자들이 이리저리 들쑤시며 야단이 났거늘, 춘향은 그제야 깜짝 놀라는 체하며,

"아차 아차, 내 잊었네. 오늘은 사또가 아랫사람들 얼굴 보는 날이지."

그러며 관청 심부름꾼들을 집 안으로 끌여들여 술상을 내주것다. 남자네들 억센 마음이 봄날에 얼음 녹듯 스르르르 풀려서, 춘향이 잡으러 올 때 독한 마음 버리고 어느새 춘향 편이 되었것다. 거기에 돈 석 냥씩을 내주니 남자네들은 콧노래가 절로 난다.

"돈, 돈, 돈, 돈 봐라. 돌고 도는 수레바퀴처럼 둥글둥글 생긴 돈, 잘난 사람에게도 잘난 돈, 못난 사람에게도 잘난 돈. 이놈의 돈아, 어디 갔다 이제 오느냐."

이러구러 시간이 흐르자 춘향이를 미워하던 남자네들 마음은 풀렸으나 사또 분부를 어길 수는 없는 일. 춘향이는 동헌으로 따라가는디.

"아이고, 내 신세야. 어떤 사람 팔자 좋아 좋은 집에서 잘 사는데,

내 신세는 어이 하여 이 지경이 웬일인고. 나라의 곡식을 도둑질하여 먹었는가, 하늘 같은 부모에게 불효를 하였는가. 나에게 형제가 있어서 화목하질 못했는가. 살인 강도 아니거늘 이 지경이 웬일인고. 아이고, 내 일이야. 나의 낭군 그리워하며 수절하는 게 무슨 죄가 되어 이 지경인고."

억척 어미 혹은 아줌마의 전형, 월매

글/김연숙

1.

『춘향전』의 핵심은 단연 이 도령과 성춘향이다. 이들이 엮어 나가는 아름다운 사랑 이야기가 바로 『춘향전』이기 때문이다. 그러나 중심은 언제나 주변 테두리가 에워싸고 있기 때문에 비로소 중심이 될 수 있다. 방자의 촐랑거림이 없는 이 도령의 행차를 상상한다면, 혹은 월매와 향단이 사라진 춘향을 상상한다면, 더 나아가 '농부가'를 걸쩍하게 부르던 중늙은이, 관가에 매인 화사한 기생들, 이리저리 눈치만 살피던 관아 포졸 등등이 다 사라진다면, 아마도 역경과 고난을 헤친 춘향의 사랑은 도덕 교과서에 나오는 윤리 강령쯤이 될는지도 모른다.

이 글에서 살펴보고자 하는 월매도 『춘향전』을 풍부하게 만들어 주는 주변인물 중 하나다. 특히 그녀는 춘향의 생모라는 혈연적 관계를 바탕으로 작품 안에서 춘향과 가장 가까운 위치에 놓여 있다. 월매는 춘향의 뒤를 돌보고, 여러 가지 형태로 춘향의 행동에 관여한다. 보통의 어머니들이 그러하듯이. 그러나 월매는 이상적인 어머니상과는 다소 거리가 있다. 자식을 위해 헌신하는, 넉넉한 사랑으로 무엇이든 다 포용할 수 있는, 끊임없이 자기 희생을 감내하는, 그런 모성과 월매는 애시당초 어긋나 있다. TV 드라마나 영화에서 보았던 월매를 떠올려 보자. 한쪽으로 땋은 머리를 둘둘 말아 올린 채, 치맛자락을 획 걷어 잡고, 퉁퉁한 몸을 흔들며, 걸걸한 소리로 수다를 떠는 여인네. 어쩌면 긴 장죽에 담배를 뻐끔거리며, 간사스러운 웃음을 짓는 장면도 있었을는지도 모른다. 이런 어미덕에 가냘프고 음전한 요조 숙녀 춘향은 더 돋보인다. 현실적인 이익을 따지는 능청스러운 어미—고결한 정신을 지켜 나가는 딸의 대립항이 그려지기 때문이다.

물론 월매라는 인물형이 『춘향전』에서 독특하게 나타난 것은 아니다. 수많은 설화들로부터 월매가 탄생했고, 또 현대 소설에 이르러서도 월매형 어미의 모습을 여러 곳에서 찾아볼 수 있다. '자애'와 '헌신' 대신 억척스러움으로 무장한 어머니들을 월매와 쉽

남원시 소재
월매의 집.

게 연결할 수 있기 때문이다. 이른바 '아줌마 문화'의 원형이 월매라 생각해도 과장은 아니지 않을까.

2.

『춘향전』의 전승 과정을 연구한 학자들에 따르면, 춘향과 마찬가지로 월매는 처음부터 완성된 인물로 고정되어 있지 않고, 작품의 전승 과정을 통해서 점차 형성되어진 인물이다. 월매는 조선 후기 설화 속에서 흔히 찾아볼 수 있는 인물이며, 그 설화는 현실 속의 인물들을 모델로 해서 이루어진 것이다.『춘향전』의 근원 설화로 일컬어지는 설화들[1] 속에는 월매의 유형적 원형으로 볼 수 있는 인물들이 거의 예외 없이 등장하고 있다. '노옥계 설화'나 '박문수 설화', '성세창 설화' 또는 '박색터 설화' 등에 나오는 기생 어미를 월매의 원형으로 볼 수 있다는 것이다.

왼쪽에서부터 완판 『춘향전』표지, 『별춘향전』과 『춘향전』의 본문

특히 『춘향전』 이본(異本) 연구는, 월매가 『춘향전』에서 그 비중을 키워왔음을 보여준다. 초기에 월매는 단지 춘향의 어머니로서 존재할 뿐이며, 작중인물로서의 역할은 거의 하지 않고 있다. 이 도령을 보고 실망한 나머지 그를 박대한다는 데서 월매의 기본적 성격이 드러나 보이기는 하지만, 그녀의 언어나 용모, 행동 등을 구체적으로 볼 수 있는 예는 발견되지 않고 있다.

중기 이본에 와서부터 월매는 우리가 널리 알고 있는 인물의 성격을 부여받기 시작한다. 그녀는 단순히 춘향의 어머니에 머물지 않고 춘향의 후견인으로서 활동하기 시작한다. 춘향이 이 도령과 만나 초야를 치를 때 월매가 나서서 뒷다짐을 받는다든지, 이 도령이 떠난 후 춘향으로 하여금 신관 사또의 수청을 들어 살 길을 찾으라고 권한다든지, 거지 행색을 하고 나타난 이 도령을 따돌림으로써 춘향으로부터 이 도령을 떼어놓으려 하기도 하는 행동 등이 그러하다.

이상과 같은 월매의 변모는, 『춘향전』이 단순한 이야기에서 출발하여 점차 복잡하고 장황한 이야기를 이루게 되었다는 변모 양상과 방향을 같이한다고 설명되어진다. 보다 흥미로운 해석은 월매의 변모를 가능케 한 이유를 작품 외적 상황에서 찾아내는 연구다. 이에 따르면, 월매가 기생에서 퇴기가 되고 다시 양반의 후실이 된다는 것은, 조선 말기 사회에서 신분제도가 붕괴되고, 서민 사회에 팽배해 있던 신분 상승 욕구가 표출된 결과라는 것이다.

결국 '현실―설화―이야기(소설)―사회 상황'이라는 관계 속에서 월매라는 인물이 완성되었다고 본다면, 이 관계를 만들어낸 가장 큰 원동력은 민중이다. 주변에서 쉽게 마주치는 어멈들의 모습이 월매였고, 그들의 욕망이 작품 속의 월매를 끊임없이 변화시킨 것이다. 이는 아마도 소설은 민중의 품에서 태어났다는 문학사적 해석과 궤를 같이하는 사실일 것이다.

3.

염상섭의 『삼대』(1931)에서 홍경애의 모친은 현대판 '월매'형 인물이라 할 수 있다. 『삼대』는 조의관·조상훈·조덕기의 3대를 중심으로 한 가족사 소설로써, 3·1운동이 끝난 1920년대 식민지 조선의 현실을 파노라마적 기법으로 그려낸 소설로 평가받고 있다. 여기에서 홍경애는 조상훈과 관계를 맺고 있는 인물이다. 홍경애의 아버지는 수원의 교육자이자 애국지사로 3·1운동 때 옥고로 인해 병사(病死)했다. 그 과정에서 조상훈이 여러 가지 온정을 베풀고, 이후 홀로 남겨진 부인과 딸을 돌보다가 홍경애와 관계를 맺고 아이를 낳게 된다. 그러나 그후 조상훈은 또다시 다른 여자 관계에 탐닉하고, 홍경애는 주점을 전전하며 살림을 꾸리며 산다.

모친은 처음부터 아무 말 없었지만 석 달 만에 만나서도 별 말 없었다. 이왕지사 떠들면 무얼 하랴는 단념으로인지? 자기 남편 때 일을 생각하고 은인이라 하여 그것을 딸의 몸으로 갚겠다는 생각인지 혹은 명예 있고, 아니 그까짓 명예라는 것은 무엇 말라 뒈진 것이냐—돈 있는 사람이니 이 사람의 첩장모 노릇이라도 하여 두면 죽을 때 육방망이는 못 써도 마주잡이를 해서 나가지는 않으리라는 속따짐으로인지…… 그러나저러나 이 속따짐이 무엇보다도 앞을 섰던 것일 것이다.

이 늙은 부인은 손에 성경책 넣은 검은 헝겊 주머니를 들고 다니는 전도 부인이다. 그러나 살아나가야 할 수단을 잊어버린 어리보기는 아니었다. 게다가 첩에서 조금 면한 삼취댁이다. 만일 예수 믿고 사회 일하는 남편을 만나지 않았더면 장거리에서 술구기를 들었을지 딸자식을 기생에 박았을지 누가 알랴. 이것은 이 노부인을 모욕하여 하는 말이 아니라 이 부인의 성격이 그만치나 걸걸하고 수단성 있다는 말이요, 또 누구나 그 놓인 처지에 따라서 이렇게도 되고 저렇게도 된다는 말이니, 〔…하략…〕[2]

딸 홍경애가 조상훈의 아이를 가지고 석 달 만에 모친 앞에 나타났을 때, 모친의 반응은 지극히 현실적이다. 월매가 딸 춘향과 이 도령의 관계를 수용할 수 있었던 것은 이 도령이 사또 자제라는 이유 때문이었다. '사또 자제'란, 물론 '돈'으로 상징되는 현실적인 풍요로움도 있지만, 그보다는 양반이라는 신분이 주는 여러 가지 이익들이 더 큰 의미를 띤다. 따라서 월매는 춘향을 통해서 현실적인 이익을 추구하는 한편, 자신의 꿈을 실현시키려고 노력하고, 그 좌절에서 당하는 인간적 한을 가지는 것이다.[3]

이에 비해 홍경애의 모친은 '돈'의 원리에 따라 움직이는 근대적 삶을 보여준다. 그녀의 의식과 행위를 지배하는 것은 '돈'이다. 물론 그 이면에는 딸의 안락을 바라는 마음도 있겠지만, 딸과 자신의 행복을 결정하는 가장 큰 요인은 바로 '돈'인 것이다. 그러므로 현실 변화에 대한 기민한 적응력은 월매의 그것을 훨씬 능가하고 있다. 월매의 현실 대응 태도를 결정짓는 기준은 '춘향'이다. 그녀는 춘향이 이 도령과 헤어지고 난 후 곧장 변모하는 모습을 보이지는 않는다. 신관 사또에 의해 딸이 감옥에 갇히게 되자, 춘

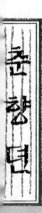

향에게 고생하지 말고 수청 들 것을 권한다.[4] 그러나 춘향의 태도
가 바뀌지 않자, 다시 이 도령의 장원 급제를 위해 기원한다. 월매
가 현실적인 이익과 함께 딸의 소망 성취를 추구하고 있다면, 홍
경애의 모친은 딸의 소망과는 아무 상관없이 현실적인 이익만을
따지는 인물이다. 그 현실적 이익이란 물론 '돈'이다.

　어쩌니저쩌니 해도 상훈이와는 미운 정 고운 정이 다 들고, 자
초를 생각하면 은인이다. 게다가 아이가 달렸다. 몇 해 동안 그
렇게 버스러져 지냈다 하여도 언제든지 다시 만나 살고야 말리
라고 믿었던 것인데, 노영감이 돌아가자 장사를 시킨다는 말을
듣고, 인제는 제곬으로 들어서는구나 하며 반색도 하고, 으레
그럴 것이라고 생각한 것이었다.
　인제는 말없이 구순히들 살기만 하면 재산이야 덕기 앞으로
갔다 하여도, 쌈지의 것이 주머니의 것이요, 주머니의 것이 쌈
지 것이니, 여생을 편히 지낼까보다고 찰떡같이 믿는 터이다.[5]

　조상훈과 헤어지고 난 후 홍경애는 그에게 아무런 애정을 느끼
지 않는다. 오히려 속물적인 인간됨을 경멸하고, 나름대로의 삶을
꾸리려고 애쓴다. 그러나 모친은 기왕의 사정을 자기 나름대로 해
석하고, 딸의 장래 못지않게 자신의 여생까지도 저울질해 보는 영
악함을 보인다. 이는 '돈이 최고의 가치로 군림하는 자본주의 사
회의 핵심 본질을 꿰뚫어 보고 이를 다루었다는 점에서 염상섭 문
학이 근대적'이라는 기존의 평가[6]를 긍정하게 하는 한 요소이기도
하다. 이런 점에서 홍경애 모친은 월매가 자본주의 사회 양식 속
으로 들어온 전형적인 변화를 보여준다.

박완서의 『나목』, 「티타임의 모녀」, 「엄마의 말뚝」에서는 홍경
애 모친이 터득한 근대적 삶(자본주의 인간형)에 가부장제 의식을
결합한 어머니들이 등장한다. 그녀들은 현실적인 이익도 소중하
게 여기지만, 어머니는 남성(아들)으로 인해 그 존재 의의와 가치
를 인정받을 수 있다고 믿는다. 어머니는 아들의 죽음 앞에서 "어
쩌면 하늘도 무심하시지. 아들들은 몽땅 잡아가시고 계집애만 남
겨 놓셨노"(박완서, 『나목』)라는 탄식을 거침없이 할 수 있다. 이런
어머니들은 여공과 부잣집 아들(운동권 대학생)의 결합도, 아들(손
주)이라는 존재 때문에 얼마든지 행복해질 수 있다고 생각한다.

　"너야말로 쓸데없는 걱정으로 마음 졸이지 말고 낯짝 좀 피고
살아, 이것아. 자식한테 줬다가 뺏을 부모가 어딨다구, 치마폭
에 안겨준 복도 누리질 못하고 조바심을 해쌓냐, 해쌓길. 여자
는 뭐니뭐니 해도 그저 받을 복이 있어야 하느니라. 다 네 복이
거니 하고 사는가 싶게 살아봐, 꿔다놓은 보릿자루처럼 겉돌지
만 말구. 그리고 지훈이가 누구냐? 김씨 집 장손이야. 딸한테꺼
정 이런 집 사줄 만한 집이면 장손을 낳아준 아들 며느리한테
이 정도가 뭐 그리 대수라고. 너가 몰라서 그렇지 너만 못한 사
람들도 잘들 산다 너. 사십 평 오십 평에 살면서 파출부 부리고
거들먹거리는 여편네라고 눈이 셋 달린 것도, 코가 둘 달린 것
도 아니더라 야. 너라고 이런 집에 살란 법이 왜 없냐. 난 그냥
좋고 대견하기만 하더라, 뭐. 이런 아파트는 별세상인 줄만 알
았는데 내 딸네라는 게."[7]

월매가 춘향과 이 도령의 신분적 격차를 극복한 행복을 꿈꾼 것

임권택 감독의 영화 『춘향뎐』 중에서.

처럼, 박완서 소설의 어미도 그러한 행복을 꿈꾼다. 월매의 꿈이 정화수를 떠놓고 기도하는, 그야말로 열렬한 소망일 뿐이라면, 박완서 소설의 어머니의 꿈은 '장손'을 담보로 하기 때문에 훨씬 당당해 보인다. 그러나 역설적이게도 월매의 꿈은 이 도령이 어사가 되어 내려옴으로써 손쉽게 이루어지지만, 박완서 소설의 어머니의 꿈은 불투명하기 짝이 없다. 춘향과 이 도령이 계급적 차이를 뛰어넘을 수 있었던 것은, 물론 '사랑'의 결과이기도 하지만, 그들이 전근대적 사회 인물들이기 때문이다. 시대가 바뀜에 따라 홍경애의 모친이 월매보다 훨씬 영악해진 것처럼, 자본주의 가치가 지배하는 사회 속에서 그 가치를 거스르는 삶은 한갓 공상일 뿐인지도 모른다. 아들이 어머니의 존재를 확보해 주기는 하지만, 그 아들은 여공 출신의 며느리에게서만 얻을 수 있는 것은 아니다. 이런 점에서 꿈이 사라진 월매형 어머니가 등장하게 된 것은 지극히 당연할는지도 모른다.

　꿈은 사라졌지만, 월매가 우리에게 보여주었던 억척스러운 어미의 모습은 90년대에 이르러 더욱 생생하게 재현된다.

이게 무슨 냄새지……? 호되게 코를 풀어내면서, 물끄러미 거울 속의 엄마를 바라보았다. 매끄럽게 기름이 도는 맨얼굴을 이마에서 턱으로 두어 번 맨손으로 부벼댄 뒤, 엄마는 아무렇지도 않게 머릿수건을 벗어 던졌다. 그것은 마요네즈였다. 이따금 엄마가 머리에 영양을 주기 위해 통째 비워 바르는 물질이었다. 내 얼굴은 경악에 가까운 빛으로 일그러졌다. 그래, 마요네즈였단 말이지. 머릿속에서, 똥무더기에 짓이겨진 아버지의 곰팡이 핀 엉덩이와 마요네즈를 짓이겨 바른 엄마의 시체 돈은 검은 머리가 찰흙반죽처럼 혼합되고 있었다. 토악질이 올라왔다. 물론 그놈의 시큼한 마요네즈 냄새만 아니었어도, 변기통에 머리를 박고 맹물을 토해내진 않았을 것이다.[8]

전혜성의 장편소설 『마요네즈』를 영화화한 김혜자 · 최진실 주연의 영화 『마요네즈』의 포스터.

전혜성의 『마요네즈』에서 딸의 눈에 비친 어머니는 자기 연민에 빠져 자신의 이기적인 욕망을 충족시키기 위해서만 애쓰는 존재다. 딸에게 어머니는 경멸과 비난의 대상이고, '마요네즈'는 어머니의 이기적 욕망을 상징화한다. 뇌졸중으로 쓰러진 아버지를 눕혀 놓은 채, 어머니는 신세 한탄을 하며 자신의 머릿결 보호를 위해 마요네즈를 발라댄다. 보통의 어머니들이 가족을 위해 음식 재료로 사용하는 마요네즈가 미용 재료로 쓰이는 것을 본 딸은 그때부터 결정적으로 어머니를 경멸하기 시작한다.

그러나 욕망의 화신과도 같은 이기적인 어머니의 모습은, '여자이자 어머니'로서의 개인 주체라는 관점과 연결되면서 새로운 인식의 계기를 마련해 준다. 『마요네즈』에서 딸이 어머니를 이해하게 된 것은, '외할머니—어머니—나'로 이어지는 여성의 삶을 되새겨보면서부터이다. 아이를 낳아 기른 여성이라는 어머니는, 욕망의 희생자이자 주체이기도 한 이중적 존재의 삶을 살아갈 수밖에 없는 것이기 때문이다.

4.

자식의 미래 앞에서 현실적인 이익을 따져보는 어미, 경망스럽고 능청스러운 여편네—이런 월매는 부정적인 인물은 아니지만, 밉살스러운 눈초리를 한번쯤 받을 만한 인물이다. 남루한 거지 행색으로 꾸민 이 도령을 마구 구박하거나, 춘향에게 신관 사또의 수청 들기를 은근히 권하는 장면을 본다면 말이다.

따라서 『춘향전』의 월매는 그리고 현대 소설의 월매형 인물들은 자애로운 어머니, 자기 희생을 기꺼이 감내하는 어머니라는 전통적인 모성에서는 비껴서 있다. 자식을 키우기는 하지만, 그와 함께 물질적 가치나 자신의 욕망도 포기하지 않는다. 소설에서만 그러할까. 일상 생활에서 부딪치는 수많은 아줌마들이 그러하다.

그러나 월매는 아버지의 도움 없이 혼자 힘으로 춘향을 요조 숙녀로 키워낸 억척어멈이다. 또 그녀는 자식을 위하면서도 그와 함께 자기 욕망의 추구를 지극히 당연시한다. 이 모습이 신비화된 모성 대신 살아 있는 어미의 생생함으로 우리에게 전해지는 것이다. 여기에서 한 걸음 더 나아간다면, 우리는 이러한 월매, 월매형 인물들을 통해 새로운 어머니상을 소망해 보게 된다. 그것은 어머니이자 여성이자 한 개인으로 살아 나가는 삶이며, 사회적 관계가 거세되지 않는 것을 전제로 한다. 이 모습을 그려볼 시선을 마련한 것, 그것이 억척어멈이자 드센 아줌마 '월매'들의 진정한 공로가 아닐까.

---

1) 여기에는 '신원설화', '암행어사 설화', '염정설화' 등이 있다.

2) 염상섭, 『삼대』上, 창작과비평사, 1993, p.109.

3) 설성경 · 박태상에 따르면, 84장본 『열녀춘향수절가』에는 월매를 중심으로 한 춘향과 향단 등 춘향 집안에 대한 내력이 상세히 나타나고 있다. 여기에서 월매는 춘향을 통해 자신이 이루지 못했던 신분 상승을 꿈꾸고 있다고 해석된다(설성경 · 박태상, 「춘향전 주제 이해의 방법」, 『고소설의 구조와 의미』, 새문사, 1986, p.264 참고).

4) 『남원고사본』에서 월매는 춘향에게 "슈졀 슈졀 남졀이 슈졀이냐? 훗날 만일 또 못거든 잔말 말고 슈쳥드러 실살귀(실제 이익을 차림)나 흐려무나"라고 말하고 있다. (설성경, 「Ⅳ. 19세기형 개작 장편 남원고사에 나타난 생활 문화의 형상화」, 『한국고전소설의 본질』에서 재인용).

5) 염상섭, 『삼대』下, 창작과비평사, 1993, p.179.

6) 김윤식 · 정호웅, 『한국소설사』, 예하, 1993.

7) 박완서, 「티타임의 모녀」.

8) 전혜성, 『마요네즈』, 문학동네, p.158.

모든 **사랑** 이야기는 『**춘향전**』이다?

글/이명귀

한번쯤 미팅을 해본 경험이 있는 사람이라면, 그때의 두근거림을 어렴풋하게나마 기억할 것이다. 누가 과연 자신의 파트너가 될 것인가 설레며 기다리던 선택의 순간을 말이다. 파트너를 정하는 방식도 소지품을 고르는 고전적인 방법에서부터 손가락으로 마음에 드는 상대방을 가리키는 '찍기'에 이르기까지 다양했다. 아마도 가장 보편적인 방법은 제비뽑기가 아니었을까. 손바닥만한 쪽지를 가슴 졸이며 펼쳐 보는 순간, 우리는 로미오와 줄리엣, 이몽룡과 성춘향, 이수일과 심순애와 같은 낯익은 이름을 발견할 수 있었다. 왜 하필 그런 촌스러운 이름들을 고집했을까. 역경을 헤치고 사랑을 이룬 커플이었기 때문에? 글쎄, 딱부러지게 답하기 곤란하다. 왜냐하면 어린 나이에 겁도 없이 동반 자살을 결행한 커플, 원수 같은 다이아몬드 반지 때문에 찢어진 커플도 버젓이 등장하니까 말이다. 어쨌든 그들이 모두 극적인 사랑을 했었다는 점에 대해서만은 별다른 이의가 없을 듯하다.

이처럼 드라마틱한 사랑이란 언제나 사람들을 매료시키는 힘이 있다. 동서양이라는 거리 차와 도도한 역사의 흐름, 견고한 장르의 벽마저도 훌쩍 뛰어넘는, 그래서 영원히 살아남을 불멸의 테마가 바로 사랑이다. 조금 과장해서 말하자면 사랑을 노래하는 모든 작품은 닮은꼴이다. 하나의 원본이 있고, 그것을 모방하거나 변형시킨 이본이 무수히 존재하는 식으로. 이런 시각에서 보면『춘향전』은 모든 사랑 이야기의 원본격이 아닐까. 후대의 많은 이야기들이 춘향과 이 도령을 시대에 맞게 변형시키거나 두 인물의 처지를 뒤바꿔버림으로써 탄생된 것은 아닐런지. 이러한 주장의 근거를 찾기 위해『춘향전』을 좀더 자세히 살펴보기로 하자.

　『춘향전』은 당시로서는 가히 혁명적인 작품이었다. 무엇보다도 뼈대 있는 양반 가문의 자제인 이 도령과 반쪽 짜리 양반도 못 되는 춘향이 신분을 초월해 사랑을 완성한다는 이야기 틀이 그렇다. 사농공상이라는 위계적 신분 질서가 엄연히 존재하는 봉건 사회에서 한낱 기생 딸에 불과한 춘향이 어사또의 부인이 된다는 이야기는 길동이 율도국의 왕이 되었다는 이야기와 마찬가지로 허무맹랑한 거짓말일 뿐이다. 그런데도 사람들은 왜 빤히 보이는 거짓

임권택 감독이 2000년도 개봉 예정으로 제작중인 영화『춘향뎐』의 한 장면(이효정, 조승우 주연).

말에 열광하는 것일까. 이유는 누구나 할 수 있는 일상적인 거짓말이 아니라는 사실에 있다. 『춘향전』이 하고 있는 거짓말은 현실에 대한 반역을 전제했을 때만 가능한 거짓말이다. 바로 그렇기 때문에 독자들에게 통쾌함과 카타르시스를 줄 수 있는 것이다. 그러나 이런 류의 거짓말만 있는 것은 아니다. 현실을 반역하지 않는, 그래서 어떤 측면에서는 현실과 타협하는 거짓말이 등장했으니까. 결국 문학의 변모 과정은 거짓말의 변천사라 해도 전혀 틀린 말은 아닐 성싶다.

모든 사랑은 우연한 만남에서 시작되지만 결국은 운명적이다. 예기치 않은 순간에 기습적으로 찾아들어 눈에 콩깍지를 씌우는 것, 그 이후에는 자신의 힘으로 어떻게 할 수 없는 것, 그것이 사랑이다. 춘향과 몽룡의 사랑도 우연을 가장한 운명적 만남에서 시작되었다. 단오날 그네 뛰는 수많은 여인네들 중 유독 춘향이 몽룡의 눈에 띈 까닭은 이미 그렇게 되도록 정해져 있었기 때문이다. 게다가 춘향은 누가 봐도 혀를 내두를 만큼 아리따운 존재가 아닌가. 몽룡이 춘향을 선택하는 데는 이 정도 조건이면 충분했다. 춘향이 천한 신분이라는 사실도 망설임의 이유는 되지 못했다. 하지만 언제나 시련은 있는 법이다. 고통과 시련 없이 이루어지는 사랑이란 아무런 감흥도 불러일으키지 못하는 밋밋하고 재미없는 이야기밖에 못 되니까 말이다.

『춘향전』이 성공할 수 있었던 비결은 춘향이 가혹한 시련을 견뎌내고 사랑을 완성한 데 있다. 잘 알고 있듯이, 『춘향전』은 '만남—사랑의 약속—이별—시련—재회(사랑의 결실)'라는 고대 소설의 전형적 구조를 가지고 있다. 이때 춘향에게 닥친 시련은 다름 아닌 정절을 지키기 위해 겪어야 했던 고난이었다. 정절이 여성이 지켜야 할 최고의 덕목이던 시절에 그것은 어쩌면 당연한 결과였는지도 모른다. 그런데 한 가지 짚고 넘어가야 할 부분은 춘향과 몽룡이 요즘말로 하자면 연애를 통해 결혼에 골인한 커플이라는 사실이다. 각자의 자유 의사로 상대를 선택했다는 점이야말로 두 사람의 결합을 빛나게 하는 조건이다.

시대가 변화함에 따라 『춘향전』은 거듭 새롭게 윤색되어 왔다. 달리 보자면 후대의 작품들이 직접적이든 간접적이든 간에 『춘향전』의 영향을 받았다는 말이다. 신분의 벽을 뛰어넘은 사랑 이야기는 더 말할 나위 없겠지만, 그렇지 않고 비극으로 끝났다 하더라도 크게 다르지 않다. 적어도 사랑이란 주제를 다룬 소설이라면 세련된 '현대판' 『춘향전』이나 고전을 '변용'시킨 『춘향전』의 범주에 포괄될 수 있다. 다만 현대로 넘어올수록 시련의 원인이 다양해지고, 비극적 결말이 많아진다는 점은 주목해야 할 사항이다. 비극적 결말이 다수를 이룰 수밖에 없는 이유는 사람들이 이제 더이상 거짓말을 믿음으로써 위안을 얻지 못하는 탓이다. 과거의 독자들은 거짓말인 줄 알면서도 믿고 싶어했지만, 지금의 독자들은 그렇지가 못하다. 결국 『춘향전』과는 다른 그 무엇인가를 모색할 수밖에 없다.

최초의 현대 소설로 일컬어지는 『무정』을 한번 생각해 보자. 다양한 인물이 등장하지만 『춘향전』과 관련하여 우리의 이목을 끄는 인물은 단연 형식과 영채이다. 영채는 부친인 박 진사를 잃은 후 설상가상으로 친일파 김현수와 배 학감에게 겁탈을 당하는 비련의 여주인공이다. 정절을 잃은 영채가 선택한 것은 대동강 물에 빠져 죽는 것이었으나 이마저 뜻을 이루지 못하고 기생 월향이 된다. 이 와중에서도 영채는 어린 시절 아버지가 정해 준 배필인 형

우리 나라 최초의 현대 장편소설인 이광수의 『무정』.

식과의 사랑을 이루기 위해 정절을 지킨다. 비록 타의에 의해 정조를 잃기는 했으나 그렇다고 해서 기생으로 살아갈 수도 없었던 것이다. 이 점에서 영채는 춘향을 빼닮았다. 하지만 영채는 춘향과 같이 행복한 결말을 맞이하지 못한다. 무엇보다도 형식이 몽룡과는 다른 유형의 인물이었기 때문이다. 영채의 유서를 발견하고 평양으로 갔던 형식은 변변히 찾아보지도 않은 채 영채가 죽었다고 단정해 버린다. 그후 서울로 돌아와 곧장 김 장로의 딸 선형과 약혼한다. 죽은 사람과의 의리를 지킬 필요가 없었기 때문일까. 아니면 둘 사이에 애당초 지켜야 할 언약이 없었기 때문일까. 이런 의문을 풀기 위해 소설 후반부에 제시된 병욱의 말을 살펴보기로 하자.

첫째 영채씨는 속아 살아왔어요. 이형식이란 사람을 사랑하지도 아니하면서 공연히 정절을 지켜왔어요. 부친께서 일시 농담 삼아 하신 말씀 한마디 때문에 영채씨는 칠팔 년 헛된 절을 지킨 것이외다. 사랑하지 않는 사람을 위해서 피차에 허락도 아니한 사람을 위해서 절을 지키는 것이 헛된 일이 아니야요? 마치 죽은 사람, 세상에 없는 사람을 위해서 절을 지키는 것이나 다름이 있어요?

—이광수의『무정』중에서

영채가 새로운 삶을 시작할 수 있었던 계기는 형식에 대한 자신의 사랑이 허상에 불과했음을 인정한 것이었다. 이로써 이야기가 『춘향전』과는 다른 방향으로 흘러가는 것 같다. 병욱의 말을 통해 알 수 있듯이 영채가 정절을 지킨 것은 춘향의 경우와는 전혀 다른 평가를 받는다. 영채와 형식은 변변한 연애 한번 못 해본 사이다. 때문에 둘 사이에 사랑의 맹약 따위가 있을 리 만무하다. 춘향에게는 몽룡과의 언약이 있었지만 영채에게는 그것이 없었다. 결국, 『춘향전』에는 있지만『무정』에는 결여된 이것이 병욱이 영채에게 헛되이 살았다고 말하는 이유이다. 만약 둘 사이에 사랑의 맹세나 약속이 있었다면 이야기는 어쩌면 『춘향전』과 같은 방식으로 전개되었을지도 모른다.

한편, 서로 사랑했지만 현실의 벽을 넘지 못해 결국은 비극으로 끝맺는 이야기도 존재한다. 그 중『토지』에 등장하는 월선과 용이의 사랑을 꼽을 만하다. 두 사람은 마치 이승에서는 이루어질 수 없는 불운한 운명을 지닌 사람들처럼 보인다. 둘이 이루어질 수 없었던 결정적 이유는 월선이 무당의 딸이라는 사실이다. 용이의 모친, 용이의 처, 홍이 어멈 등이 모두 월선을 가로막는 장벽이었

박경리 대하소설 『토지』의 표지(전16권, 1993년, 솔출판사).

다. 마침내 평생 한 남자만을 사랑한 월선은 암에 걸려 쓸쓸히 생을 마감한다. 신분의 굴레를 끝내 벗어날 수 없었던 여인은 그렇게 작품에서 사라진다. 이 점은 기생 딸이라는 춘향의 신분이 별다른 갈등 없이 해소될 수 있었던 것과 사뭇 대조된다. 이상적인 사랑의 완결보다는 현실적인 사랑의 실패를 택한 작가의 의식과 더불어 변화된 시대가 낳은 필연적 결과가 아닐까.

서희와 길상의 관계는 어떠한가. 재미있는 사실은 둘의 관계가 춘향과 몽룡을 전도시킨 형태로 나타난다는 점이다. 서희는 비록 몰락했지만 엄연한 양반집 혈통이고, 길상은 그 집에서 머슴을 살던 인물이다. 이러한 방식은 남성이 우월한 신분이었던 기존의 틀을 뒤집어 버린 결과로 독자들에게 다소 낯설지만 오히려 그렇기 때문에 더욱 흥미롭다. 그런데 길상이 천한 신분이라고 해서 몽룡과 전혀 다른 유형의 인물이라고 생각하면 곤란하다. 춘향이 기생 딸임에도 불구하고 재색과 인품을 겸비한 인물로 등장하듯 길상 또한 신분의 비천함을 상쇄하고도 남을 만한 준수한 용모와 깊은 내면을 갖춘 인물로 그려지기 때문이다. '비록 신분이 낮고 천애고아이나 조물주께서 선험을 풍부히 부여한 운명아'가 바로 길상이다.

박경리 대하소설 『토지』를 영화화해서 보기 드문 대작으로 평가받은 김수용 감독, 김지미 · 이순재 주연의 영화 『토지』(1974년).

한편, 서희는 강렬한 카리스마를 지닌 인물로 등장한다. 그녀는 몰락한 최 참판가의 유일한 혈손으로 빼앗긴 집과 토지를 되찾는 일에 생을 거는 인물이다.

　서희는 그 명석함도 자기 야심과 집념의 도구로 삼으려 했을 뿐 자기에게 합당치 못한 현실에 대해서는 아무리 그 총명이 뚫어본 사실일지라도 인정하지 않으려는 완명(頑冥)한 고집 앞에 이성은 물거품이 된다. 그에게는 꿈이 없다. 현실이 있을 뿐이다. 자기 자신을 위해 왜곡된 현실이 있을 뿐이다.

　　　　　　　　　　　　　　　　　—박경리의 『토지』 중에서

이렇듯 현실적인 인물 서희가 많은 이들의 손가락질을 감수하

면서까지 길상을 선택한 이유는 무엇일까. 물론 그를 사랑하기 때문이다. 그러나 거기에는 분명 또 다른 이유가 있다. 서희는 조준구를 파멸시키고자 하는 복수심으로 온갖 수모를 견뎌온 인물이다. 당연히 그녀의 목적을 이루는 데 적합한 인물을 선택했을 것이다. 길상이 선택된 다른 이유는 바로 이것이다. 이러한 결합은 더 이상 사랑이 신분을 뛰어넘는 필요충분조건이 아니라는 점을 시사한다. 즉, 사랑 이외의 현실적 요소가 선택의 조건으로 요구된다는 사실이다. 좀더 분명한 형태를 찾아보자.

1920년대 중반에 발표된 이기영의 『민촌』은 사랑이 이루어질 수 없었던 필연성을 잘 보여준다. 일제 치하의 피폐한 농촌을 배경으로 한 이 작품에는 점순이라는 가난한 소작농의 딸과 서울댁 양반이라 불리는 창순이 등장한다. 점순은 양반다운 풍모를 지닌 데다가 마을 사람들의 존경을 한몸에 받고 있는 창순을 흠모한다.

이기영의 『민촌』(1946년).

하지만 점순의 사랑은 성취되지 못한다. 점순이 동양척식회사의 마름이자 금융조합 의원인 박 주사 아들에게 첩으로 팔려가기 때문이다. 아버지 약값을 위해 빌린 돈 쉰 냥과 벼 두 섬이 점순의 몸값이 되어 버린 셈이다. 결국 점순과 창순의 결합을 가로막은 결정적인 요인은 신분의 격차라기보다는 돈이라는 경제적 문제이다. 바로 이것이 현실적 요소의 본질이다.

이제 현실에서, 아니 소설이라는 허구 속에서조차 춘향과 몽룡의 사랑은 설자리를 잃은 듯 보인다. 그들이 보여준 성취의 예들을 좀처럼 찾기 어려우니 말이다. 어떤 경우는 사랑의 기본 조건을 충족시키지 못함으로써, 또 어떤 경우는 신분이나 경제적 문제를 초월하지 못함으로써, 혹은 사랑 이외의 불순한 요소가 가미됨으로써 그들의 사랑은 변질되었다. 그러나 역설적이게도 우리는 바로 이 지점에서 이상적인 사랑의 가치를 새삼 발견하게 된다. 그것은 곧 『춘향전』의 문학사적 의의에 다름 아니다.

『춘향전』이 수백 년을 거치면서도 죽지 않고 계속 살아남을 수 있었던 까닭은 어디에 있는가. 이제 이 물음에 답해야 할 시점이다. 그것은 『춘향전』이 우리 문학에 등장하는 무수한 사랑의 양태를 함축한 원본에 해당하기 때문이다. 다시 말해, 춘향과 몽룡이 보여주는 사랑은 가장 아름답게 비치는 전범이면서도 다양하게 변주될 수 있는 기본 코드에 해당한다. 무수히 많은 춘향과 몽룡의 후예가 탄생할 수 있었던 까닭도 여기서 연유한다.

공공연히 문학의 죽음이 논의되는 이때, 『춘향전』이 여전히 빛을 발하는 이유가 무엇인지 다시 한번 곰곰이 따져 봐야 할 것 같다.

제3부
사랑은 죽음을 넘어

욕심 많고 여자 많은 변학도.

춘향에게 수청을 들라는구나.

님 향한 일편 단심. 수절하는 춘향이

곤장 맞고 칼 뒤집어쓰고 옥에 갇혀

모진 고초 다 겪어도 님 그리워 눈물짓네.

어쩌할꼬. 무정한 사람 이몽룡은

님 그리는 춘향이 마음을 알기나 하는지.

춘향이 사랑은 죽어서나 맺어질 슬픈 사랑이던가.

수청을 강요하는 사또

사또, 춘향을 내려다보더니,

"오오, 그것 참 옹골지게 생겼다. 볕이 뜨거우니 이리 올라오너라."

춘향이 올라가 이마를 숙이고 서 있으니,

"게 앉거라. 너 참 어여쁘다. 계집이 어여쁘면 물고기가 놀라서 물속 깊이 숨어들고, 기러기도 놀라서 날아가다가 내려앉는다는데, 너를 보니 허풍스런 말이 아니로구나.

계집이 어여쁘면 보름날 고운 달도 구름 뒤로 숨어들고, 꽃마저 부끄러워 고개를 숙인다더니 그 말도 너를 보니 허풍이 아니로구나.

그런데 네가 지금 수절하고 있다지? 그것 참 가소로운 일이다. 그 양반 가신 후에 허다한 남정네들이 너 같은 미인을 그냥 두었을 이치가 있겠느냐? 어렵게 생각 말고 바른 대로 아뢰어라."

춘향이 여짜오되,

"소녀는 비록 기생의 자식이오나, 기생 명단에 오르지 않고 자라다가, 구관 사또 도련님과 백년 언약을 맺었으니, 오늘 사또께서는 그런 말씀 마옵소서."

"어어 그것, 얼굴 보고 말 들으니 안팎이 훌륭하다. 얼굴은 구슬 같고 마음마저 어여쁘다. 하지만 네 마음은 기특하다만, 이 도령이라는 어린아이가 한양에 올라가서 유명한 가문 출신의 여자에게 장가 들고 과거에 급제하면 천리 밖 남원 땅에 있는 너를 생각이나 할 줄 아느냐?

춘향이 네가 옛 책을 많이 읽었다니 나도 사마천이라는 중국 사람이 지은 유명한 역사책 『사기』에서 예를 들겠노라.

옛날에 예양이라는 여자는 두 번째로 시집 가서 두 번째 서방을 위해 죽는 날까지 수절했대서 칭송이 자자했다. 춘향이 너도 나를 위해서 수절한다면 예양이처럼 사람들에게 우러름을 받으리라. 어서 옷단장 곱게 하고 오늘부터 수청 들라."

"춘향이 먹은 마음은 사또와 다르외다."

이렇듯 말을 하니 사또가 "기특하다"며 칭찬을 했을 리 있으리오. 변학도는 생긴 것도 묘하고 욕심도 많아서 심통이 났겄다. 하여 춘향을 놀리느라고 '절'이라는 글자를 가지고 말장난을 하는디.

"허허 이런 시'절' 보소.

기생 자식이 수'절'이라니 누가 아니 요'절'할꼬.

지체 높은 양반 부인께서 들으시면 기'절'하시겠다.

너 같은 것이 자칭 정'절',

수'절'하면서

나의 분부를 거'절'한다는 것은,

너의 사정이 간'절'하여

별별 '절'을 끌어다 대는 것일 뿐이로다.

네 말이 구구 '절절' 하니,

내 입에 침이 '절절' 하다.

곤장 맞고 기'절' 하면

네 청춘이 속'절' 없을 것이로다."

춘향이 그 말장난에 분통이 나서 죽기 살기로 대답하는디,

"충신은 두 임금을 섬기지 않으며, 열녀는 두 지아비를 섬기지 않음을 사또는 모르시오. 양반집 처녀의 수절이나 기생의 딸 춘향이의 수절이나 수절은 똑같거늘, 수절에도 높고 낮음이 있단 말이오. 나라가 어지러워 도둑이 임금님이 된다면 사또께서는 도둑을 임금님으로 섬기려오? 마소, 마소, 그리 마소. 힘있다고 그리 마소. 수절하는 여자를 억지로 빼앗으려 하니 이 세상 넓은 천지에 그런 도리가 어디 있나이까."

사또, 어찌나 화가 났던지 상투가 발끈 넘어지고 갓이 왈칵 벗겨지것다. 그뿐이랴. 목이 갑자기 콱 막혀 아래턱이 덜덜 떨리고 팔다리도 후들거리것다. 화가 치밀어,

"허허, 저 죽일 년. 여봐라."

"예이."

"저년을 잡아들여라."

아랫것들이 우르르르 달려나와 춘향이를 붙들며,

"네 요년, 요망한 년. 감히 누구 앞에서 말 대답을 그렇게 하고 살아남기를 바랄쏘냐."

벌떼같이 몰려들어 춘향의 머리채를 겨울에 연날리기 연줄을 감듯 휘휘 칭칭 감아 쥐고 넓디넓은 동헌 마당에 사정없이 동댕이치것다.

"춘향을 잡아내렸소."

그러자 사또가 다시 그윽한 목소리로 춘향을 달래며,

"이래도 내 말을 듣지 않을 테냐?"

"죽어도 못 하지요. 도마 위에 오른 생선이 칼을 무서워하오리까. 죽이든지 살리든지 마음대로 하옵소서."

"춘향, 저년을 당장 형틀에 올려 매고, 죽어도 좋다는 다짐을 받아 놔라."

아랫것들이 춘향의 약한 몸을 형틀 위에 올려 매고, 거칠게 짠 광목으로 얼른 눈을 가리고는, 곤장 치는 놈이 춘향에게 달려들어 춘향의 바짓가랑이를 추켜올려 형틀에 단단히 동여매고,

"네년이 웃음을 파는 기생의 주제에 사또의 엄명을 조롱하였으니, 그 죄값으로는 한 번 죽고 두 번 죽고 만 번 죽어도 마땅하다. 오늘 곤장을 맞다가 죽어도 누구도 원망하지 마라."

형틀에 묶인 춘향에게 '죽어도 좋다'는 다짐을 받으려고 아랫것이 춘향에게 붓을 건네 주자 춘향이 붓을 들고 벌벌벌벌 떠는디. 죽기가 무서워서 떠는 것도 아니요, 사또가 겁이 나서 떠는 것은 더욱 아니요. 한양 삼청동 이몽룡 씨도 한번 못 보고 칠십 먹은 늙은 어머니를 두고 죽을 일을 생각하여 두 팔 두 다리를 벌벌벌벌 떠는 것이것다.

드디어 춘향이는 '죽어도 좋다'는 뜻으로 글자를 적는디. 바로 한 일(一)자, 마음 심(心)자 두 글자를 적었것다. 바로 이몽룡을 일편 단심 사랑한다는 뜻인디.

매맞는 춘향

사또가 그 글자를 보더니 이제는 눈이 확 뒤집혔것다.

"에이, 그년 흉악한 년이로구나. 팔다리가 찢어지게 매우 쳐라. 만에 하나 아프지 않게 슬슬 치면 곤장 치는 네놈 팔다리가 찢어지리라."

곤장 치는 놈 하는 꼴을 보아라. 곤장 한 아름을 담쑥 안아다가 형틀 앞에 좌르르르르르르르르르르르르르르르르르 펼쳐 놓고 곤장을 고르는구나. 이 곤장도 잡아 보고 느끈 능청, 저 곤장도 쥐어 보고 느끈 능청, 손에 척 들러붙는 곤장을 골라 쥐고는 침을 퇘퇘 묻히것다.

하지만 곤장 치는 놈도 춘향의 편인지라, 다만 사또에게 보이는 시늉이었을 뿐, 춘향에게는 낮은 목소리로 말을 건네는디.

"춘향아, 한두 낱¹⁾만 견디어라. 그 다음부터는 내 솜씨로 너를 살려 주마."

그렇게 말을 해놓고는 큰 소리로 다른 말을 하것다.

"춘향아, 네가 한두 낱만 견디어도 천하 장사다."

사또가 드디어 명령을 내리것다.

"매우 쳐라."

"예이."

곤장이 하늘로 솟구치것다. 곤장이 아래로 내려오면서 '획' 하고 바람을 가르는 소리가 들리것다. 드디어,

"딱."

곤장이 춘향의 엉덩이를 매우 치는가 싶더니만 곤장이 부러지면서 공중으로 허르르르르르르르르 날아가다 떨어지것다. 춘향은 기절했나 보다. 신음소리를 내는디.

"으음."

사또가 다시 춘향에게 묻것다. 한 낱을 치니 '한'이라는 글자를 넣어 마음을 떠보는디.

"한결같이 마음 아직 안 고치겠느냐?"

춘향도 정신을 차려 '한'이라는 글자를 넣어 대답하는디.

"한 낭군만 섬기겠다고 일편 단심 맹세한 마음, 변할 리가 있으리오."

이에 사또가 또 버럭 소리를 지르것다.

"매우 쳐라."

"예이."

둘째 낱이 춘향이 엉덩이를 '딱'.

사또가 이제는 '이'라는 말을 넣어 묻것다.

"이제도?"

춘향이 지지 않고 대꾸하것다.

"이제도가 어떤 사람 이름이오. 나는 그런 사람 모르오."

셋째 낱이 '딱'.

춘향 엉덩이에 피가 터져 치마 밖으로 피가 줄줄 흐르것다.

사또는 또 말장난.

"삼가 조심하라. 내 말 안 들으면 너 죽는다."

춘향이 왈, 곤장 석 낱을 맞았으니 석 삼(三)자로 대답하것다.

"삼생 가약²⁾ 맺은 사람이 어찌 사또의 수청을 들겠소."

넷째 낱이 '딱'.

"사세³⁾를 돌아보라."

"사지를 찢어다가 동대문 서대문 남대문 북대문 사대문에 걸어 놔
도 일편 단심이외다."

다섯 낱이 '딱'.

"오영⁴⁾의 엄한 법률 맛을 보여주마."

"오로지 낭군 생각뿐이외다."

여섯 낱이 '딱'.

이제는 춘향의 팔다리가 다 떨어져 나갈 지경이니, 사또 왈.

"육체를 돌아보라."

"육신이 썩어 가도 자나깨나 낭군 생각."

일곱 낱이 '딱'.

"칠정지하⁵⁾ 앞에서 잔소리가 웬일이냐?"

사또가 어려운 말을 쓰니까 춘향이도 어려운 말을 쓰는구나.

"칠거지악⁶⁾ 없는 사람, 왜 생사람을 잡으시오."

여덟 낱이 '딱'.

"팔 갈아 매우 쳐라."

즉, 곤장 때리는 사람을 바꾸어 더 세게 때리라는 명령이것다. 춘
향이도 죽을 지경에서 말놀음을 계속하는디.

"팔팔한 사람을 고르시오."

아홉 낱이 '딱'.

"구구한 네년 사정 들어서 무엇하리오. 지금부터는 네년하고는 말을 안 하겠다."

"구차한 변명 마시고 계속 해봅시다."

열째 낱.

"열 받아서 못 살겠다."

"열 나는 건 제 엉덩이외다."

이러구러 열다섯 낱에 이르니 십오야[7] 둥근 달이 구름 속으로 들어가는구나.

휘딱휘딱 삼십 낱을 때리니 구슬처럼 곱디고운 춘향이 두 다리에 검은 피가 주르르르르르르르르르르르르르르르. 이 지경이 되고 보니 동헌은 눈물바다가 되는구나.

춘향이를 형틀 위에 묶어 놓은 놈도 울고, 돌아가며 곤장을 치던 놈들도 돌아서서 발을 구르며 울고. 사또만 빼고 모두들 옷자락을 끌어다가 눈물 흔적을 씻는다.

"못 보겠네, 사람의 자식이라면 못 보겠어. 못 하겠네, 사람의 자식이라면 못 하겠어. 이놈의 일 집어치우고 차라리 거지가 되야겠네."

담장 밖에서 구경하던 남원 사람들도 혀를 끌끌 차며,

"모질도다 모질어, 우리 사또 모질구나. 어린것에게 트집 잡아 저런 매질 어찌하나. 이런 매질 구경 처음이네. 나 돌아간다, 나 돌아가. 떨떨거리며 나 돌아가네."

이러자 사또는 점점 더 분이 뻗쳐,

"그년 큰 칼 씌워 옥에 가두어라."

아랫것들이 달려들어 형틀에 묶인 춘향을 풀어 주니, 혼이 나간 춘향은 온몸에 맥이 없어 형틀 아래로 주르르 미끄러지는구나. 이때 춘향 어머니 월매가 천방지축 뛰어드는디.

"아가 춘향아, 정신차려라. 에미가 왔다. 아이고 이거 영 죽었네. 높으신 나랏님네, 내 딸 춘향 살려 주오. 내 딸이 살인죄요, 강도죄요. 무슨 죄를 지었길래 반죽음을 시켜 놨소. 여보시오, 사또 나리. 낭군 그리며 수절한 게 무슨 죄가 되어 생사람을 죽였소. 나도 마저 죽여 주오."

미친 듯이, 취한 듯이, 월매는 내려둥글 치둥글며 소리를 지르것다.

사또는 이를 보고,

"그 아버지에 그 아들이라더니, 그 에미에 그 딸이네그려. 저년 속히 몰아내라."

월매가 등 떠밀려 나온 후 '반죽음'이란 말이 기생들 사이에서는 춘향이가 아예 죽었다고 들렷것다. 춘향이가 죽었다는 말을 듣고 기생들이 하는 말이,

"여보소, 이 사람들아. 죽었다네, 죽었어."

"죽다니, 누가 죽어. 죽 먹다가 체해서 죽었다냐?"

"춘향이가 매를 맞고 생죽임을 당했다네."

"뭐야? 춘향이가?"

---

1) 낱 : 곤장 때리는 횟수.
2) 三生佳約 : 태어나기 전(전생)부터 지금(이생)을 거쳐 죽은 뒤(후생)까지 끊어지지 않을 아름다운 약속이라는 뜻으로서 약혼을 의미함.
3) 事勢 : 일이 돌아가는 형국.
4) 五營 : 한양에 있던 다섯 곳의 군대.
5) 七政之下 : 수령이 백성을 다스릴 때 지켜야 하는 일곱 가지 일로서 농사와 길쌈을 장려하고 인구를 늘리며 학교를 세울 것 등의 내용이 포함돼 있음.
6) 七去之惡 : 옛날에 남편이 아내를 내쫓을 수 있는 아내의 나쁜 행동 일곱 가지로서 시기·질투·도박 등의 내용이 포함돼 있음.
7) 十五夜 : 음력 열다섯 번째. 즉 음력 보름인데, 특히 8월 보름을 일컬음.

춘향이가 감옥에서 부르는 노래

향단이가 춘향을 업고, 기생들은 칼머리를 들고, 월매는 춘향 등을 밀어 주고 다들 감옥으로 가것다. 남원 고을 사람들도 눈물 흘리며 뒤를 따라가는디. 한결같이 춘향의 높은 절개를 칭찬하는 소리 자자하것다. 춘향은 옥 안에서 밤낮으로 한숨 쉬며 탄식하고 울음 우는디. 엉덩이가 터져서 똑바로 눕지도 못하고 앉아 있지도 못하더라.

"한이 맺혀 눈물 먼저 떨어지는구나. 근심 걱정 넘쳐나서 목이 먼저 메이는구나.

모진 게 목숨이고 질긴 게 오장 육부구나. 가슴속 울화가 나서 간장도 끊어지고 애간장도 녹아 없어질 줄 알았는데 아직도 내 목숨 살아 있구나.

가을의 밝은 달과 봄의 산들바람을 감옥 안에서 맞이하여 한 해 두 해가 벌써 흘렀구나. 그저 보이는 건 푸른 하늘, 들리는 건 새 소리. 낮이면 꾀꼬리, 밤이면 두견새.

새들이 암수 함께 짝을 맞추어 노래하느라, 나는 깊은 잠도 잘 수 없어 꿈을 꿀 수 없고, 꿈을 꿀 수 없으니 꿈속에서라도 우리 낭군 볼 수 없네.

오늘밤은 비가 내려 사방이 축축한데, 모진 바람 불어닥쳐 바람은 우루루루, 도깨비는 휘잇휘잇, 밤새 소리는 부부부부, 귀신불은 번뜻번뜻, 처마끝 들보 위에서는 족제비가 두런두런, 바람결에 문풍지는 드르르르 르르르르, 감옥이라는 데가 이토록 흉칙하다."

이때 세상의 모든 귀신들이 한꺼번에 나타나 춘향을 괴롭히는구나. 볼기 맞아 죽은 귀신, 마구 맞아 죽은 귀신, 번개 맞아 죽은 귀신, 제자리에서 직사한 귀신, 형벌을 받아 오사한 귀신, 갑자기 죽어 급사한 귀신, 이래저래 죽은 귀신이 사방에서 나오는디.

귀신들 모습도 제각각. 칼 쓰고 수갑 찬 놈, 머리 헙숙하고 키 큰 귀신, 행주치마를 두르고 머리를 풀어내린 귀신, 어린 나이에 죽은 귀신, 이런저런 귀신들이 둘씩 셋씩 짝을 지어 움씰움씰 웃음치며 울음 울며,

"ㅇㅇㅇㅇㅇㅇㅇㅇ, 히허으으."

춘향이 기가 막혀,

"네 이 몹쓸 귀신들아. 나를 잡아가려거든 그리 조르지 말고 썩 잡아가라. 내가 무슨 죄가 있더냐. 나도 만일 이 감옥을 나가지 못하고 죽는다면 너희들이 모두 내 친구가 되겠구나. 도련님이 나를 보고 춘향이로 아니 보고 귀신으로 보겠구나."

이렇듯 울음 울며 세월을 보내는디.

하루는 꿈속에서 춘향이 나비 되고 나비가 춘향 되어 한곳에 다다

르니 무릉도원에 이르는구나.

　그때 동녘에서는 귀뚜라미 소리 시르르르 들리고, 나비 펄펄 나는 모습 보이더니, 아이고 이게 웬일이냐, 깜짝 놀라 잠이 깨어 사방을 둘러보니, 나비도 간데없고 무릉도원도 간데없다. 남원 감옥이 아니더냐.

춘향을 유혹하는 주옥이

사 또, 춘향을 옥에 가두어 놓고는 매일 "수청 들면 부귀 영화를 누리게 해주겠다"고 유혹해도 춘향이 말을 듣지 않을 것이다. 하여 어느 날은 기생들을 불러 놓고 말을 하는다.

"너희 중에 춘향을 달래어 내게 수청 들게 만들면 기생 명단에서 빼주고 상금 천 냥을 주겠다."

이를 듣고 여러 기생들은 수근거리는디, 주옥이라는 기생이 선뜻 나서것다.

"소녀와 춘향이는 나이가 동갑이요, 어려서부터 사귀어 온즉슨, 제가 가서 달래 보리다."

주옥은 적적하고 으시시한 밤을 골라 술상을 차려 감옥으로 내려가서,

"야야, 춘향아. 날씨가 이리 추운데 곤장 맞은 곳은 이제 괜찮냐. 진작에 와서 보자 했는데 일이 바빠 경황 없어 이제 와서 보는 것을

노엽게 생각지 마라.

우리 인생 허무하니 해마다 젊을쏘냐. 봄볕 속의 두견새도 봄을 한껏 즐기면서 봄을 아니 보내려 하나 봄은 절로절로 가는 것. 석달 봄이 지나가고 어여쁘던 꽃도 지면 꽃을 찾던 그 나비는 무정하게 날아가는 법.

아름다운 여인네도 마찬가지. 젊었을 때 남정네가 사랑하다가도 나이 늙어 귀밑머리 희어지면 계속 좋아하는 남자 없느니라. 사람 한번 죽어지면 한 줌 흙이 되고 마니, 너 죽어도 흙이 되고 나 죽어도 흙이 될 인생, 허송 세월 하고 나면 그 세월을 어이하랴.

나비도 다음해엔 다른 꽃을 찾아들고, 두견새도 새봄에는 다른 나뭇가지에서 노래한다. 사람도 마찬가지. 오뉴월 좋을 때에 고운 님을 새로 만나 우아하게 놀짝시면, 옛 정은 물러가고 새로운 정 키워 보면 그 아니 좋을쏘냐.

내가 오늘 마침 동헌에 들어가니, 사또께서 할 일 없이 홀로 앉아 이르기를 '만약 춘향이가 오늘까지 수청을 들지 않으면 아예 죽여 없앤다'고 말씀하시더라.

그 말 듣기 민망하여 내가 오늘 너를 찾았으니, 마음이 안 내켜도 억지로 꾸며서라도 나와 같이 오늘 동헌으로 찾아가자."

춘향이 이 말 듣고,

"말인즉 옳지마는 소나무 잣나무 대나무의 굳은 절개 내가 어이 꺽으리오. 내 고집이 남과 달라 목숨까지 버리려 하니 사또께 가 여쭙기를, '춘향의 마음을 떠보니, 박살내어 죽여 주면 그 넋이 하늘로 높이 올라가 한양 삼청동으로 날아들어 이몽룡을 보겠노라'는 말을 했다고 전하거라."

주옥이가 할 말을 잃어 가져간 음식을 권하는 둥 마는 둥 하다가 허망히 돌아가니, 춘향이 홀로 앉아 목을 놓아 우는구나.

"주옥이 너마저도……."

과거시험을 보는 이몽룡

그때 이몽룡은 춘향과 이별한 뒤 한양으로 올라가 글공부에만
힘썼것다. 때마침 나라에서 과거를 열었는디. 이몽룡이 책을
품에 품고 과거장으로 들어가 임금님 쪽을 바라보니, 우산처럼 생겨
서 햇빛을 가리는 가지각색 덮개들이 울긋불긋.

병조판서를 알리는 봉황새 꼬리로 만든 부채도 보이고, 나라의 높
은 벼슬아치들이 멋진 옷을 입고 줄지어 서 있는 모습도 보이것다.

이제 훈련대장이 앞장서고 어영대장은 뒤에 서고, 갖가지 벼슬아
치들에 과거시험을 보러온 수천 명의 흰 옷 입은 선비들, 게다가 구
경 나온 수만 명 백성들이 한꺼번에 임금님에게 인사를 드릴 차례더
라.

풍악 소리 '떡쿵'.

과거시험 문제가 발표되는디.

제목은 '춘당춘색고금동'.[8]

이몽룡은 문제를 보자마자 얼굴에 기쁨이 가득하더라. 문제에 춘향이의 '춘'자가 들어 있으니, 하루도 빠짐없이 생각하던 주제가 아니더냐. 게다가 '옛날이나 지금이나 똑같다'는 글자도 있는디. 이 도령이 춘향이 생각하는 마음도 옛날이나 지금이나 똑같으니 좋은 시가 나올 것 같은디. 이몽룡은 용을 새긴 벼루에 단정히 먹을 갈아 족제비털로 만든 붓으로 순식간에 시를 지어 제일 먼저 답을 냈것다.

시험 감독관들이 그 글을 보더니 글자마다 점을 찍고 구절마다 동그라미를 그리것다. 글자에 점을 찍는다는 것은 글자가 매우 똑바르고 옳다는 뜻. 구절마다 동그라미를 그린다는 것은 구절구절이 감동스런 시와 다름없다는 뜻.

과거시험에서는 점수를 상, 중, 하 셋으로 크게 나누고 그것들을 다시 상, 중, 하로 나누어 아홉 등급으로 매기는디. 이몽룡은 상 중에서도 상을 차지했것다.

"이몽룡이 장원이오! 이준상의 아들 이몽룡이 장원이오!"

이몽룡은 임금님 앞으로 나아가 절을 하고, 임금님이 내려 주는 술석 잔을 마시것다. 사람들은 모두들 이몽룡을 부러워하고 칭찬하것다. 세상에 좋은 것이 과거시험인가 하노라.

머리에는 임금님이 내려 준 꽃으로 어사화를 두르고, 몸에는 비단으로 지은 도포를 입게 되었도다. 역시 비단옷을 입은 아이들이 앞장서서 시험 장소를 빠져나가니 풍악 소리 좋을씨고.

이몽룡은 정구품 벼슬을 시작으로, 정팔품 정칠품 벼슬을 거쳐 좋은 정치를 펼치니 세상에 칭찬이 자자하것다.

그러던 어느 날. 임금님이 이몽룡을 부르는디. 엎드려 들어가니 임금님이 가만가만 어떤 글이 적힌 봉투를 주시는디. 머리를 조아리며 받아들고 밖으로 물러나와 열어 보니…….

"호남지방이 지난 가을 농사를 망쳤노라. 백성들이 배가 고파 민심
이 흉흉하다. 그러니 특별히 너를 뽑아 보내노라. 각 고을 사또들이
백성을 잘 다스리는지 그렇지 아니한지 잘 살펴라. 백성들이 억울한
일을 당하는지 그렇지 아니한지를 잘 살펴라."

---

8) 春塘春色古今同 : '춘당에 깃든 봄은 옛날이나 지금이나 한결같다'는 뜻이며, 춘당은 창
    경궁 안에 있는 누대로서 효종 때 과거시험을 치렀던 곳.

암행어사가 된 이몽룡

임금님이 이몽룡에게 암행어사의 옷을 주것다. 옷을 받아 임금님 앞에서 물러나와 옷을 뒤져 보니 암행어사 마패도 들어 있것다. 이몽룡은,

'일이 드디어 잘 되는구나.'

하고 속으로 생각하것다.

이몽룡은 암행어사 옷을 도포 속에 입고 집으로 돌아왔것다. 이윽고 조상님들 위패를 모신 사당에 절을 하고 잠자리에 들었는디, 잠이 올 리 있것는가. 전라도에 내려가는 김에 춘향이를 보고 오겠다는 마음에 설레이는디.

이튿날 새벽, 이몽룡은 전라도로 내려가는디.

말을 타고 남대문 밖 썩 내달아 지금의 청파동을 지나서 다시 배다리와 동작으로 향하것다. 배를 타고 한강을 건너서는 과천에서 점심 들고, 수원에 이르러서 하룻밤을 묵었것다.

다음날 아침 일찍 길을 떠나 능수버들 천안 지나 몇 고개를 넘으니 퉁소 소리 들리거늘 그 소리 잠깐 듣고, 충청도 공주 지나 금강을 건너 술 한잔을 마셨것다.

지는 해를 바라보며 말을 달리니 어느새 전라도 땅에 들어섰것다. 한 고을에 들어서서 말을 갈아타고 씽씽쌩쌩 달려 여산이라는 곳에 당도했것다. 이 도령은 여산 사또를 불러내고 역졸들을 한데 모아 명령을 내린다.

"역졸, 너희들은 오늘 일찍 길을 떠나거라. 하여 익산 고산 진산 금산 무주 용담 진안 장수 운봉 구례 동복 낙안을 낱낱이 살펴라. 각 고을 수령들이 까닭 없이 백성들의 재물을 빼앗지는 않는지, 이유 없이 백성들을 못살게 굴지 않는지를 특히 잘 살펴라. 그런 후에 이 달 십오일 보름에 남원 북문 안으로 대령하라."

"예이."

"너희 역졸들은 오늘 일찍 길을 떠나 용안 함열 임피 옥구 김제 만경 고부 흥덕 순창 담양 광주 나주를 샅샅이 살핀 뒤에 그날 그시 그곳에 대령하라."

"예이."

이 도령은 역졸들을 여러 곳으로 다 보내고 암행어사 차림으로 옷을 갈아 입는다.

망건은 앞살이 다 터져서 우산 뼈다귀 같고, 박쪼가리로 관자를 달아서 두 눈썹이 잔뜩 눌리도록 꽉 졸라매어 두통이 생길 지경. 이번엔 갓을 보소. 가장자리가 너덜너덜 헤진 갓을 새끼줄로 총총 매고, 갓끈이 따로 없어 노끈으로 갓끈을 삼았것다. 두루마기도 다 찢어져서 열두 도막 이은 띠로 바람에 아니 날라가게 꽁꽁 눌러 잡아매었것다. 짚신도 거지 발싸개가 따로 없다.

열흘 동안 밥 못 먹은 거지처럼 이리 비틀 저리 비틀거리면서 지팡이를 끌고 가는 모습이 거지 중에서도 상거지라.

　부지런히 발을 놀려 전주 땅에 도착하여 하룻밤 잠을 자고, 이제야 임실 땅에 도착하니…….

어사또와 방자가 만나다

어사또가 길을 가는디 저기 저 산 굽은 길로 아이 하나가 올라온다. 나이는 열여섯 살쯤. 초롱 대님 잡아매고 괴나리 봇짐을 등에 지고, 오른손에 지팡이를 툭툭 짚고 삐긋삐긋 엇걸어서 올라오는디. 입으로는 유행가를 한 자락 부르것다.

"어이 가나, 어이 가나. 한양에를 어이 가나.

오늘은 가다 어디서 자며, 내일은 가다 어디서 자노.

조자룡이 타던 좋은 말이 있으면 큰 강 건너 훌쩍 가련만 조그마한 요 다리로는 몇 밤을 가야 한양에를 갈 수 있나.

불쌍하다, 춘향 각시. 사또 자제와 백년 언약 맺은 후에 수절하고 지내는디, 신관 사또는 자기에게 수청을 들지 않는다고 한 달에 세 번씩 정갱이를 때리면서 고문하는구나.

우리 춘향님은 맨날맨날 거의 죽어 지내는 형편인디, 삼청동 이몽룡 씨는 이 사실을 아는가 모르는가.

물걸레로 방 닦은 듯 소식 한 장 없이 깨끗이 잊고 말았나.

어서어서 삼청동 올라가면 이 도령을 만난 후에 춘향의 깊은 설움을 자세하게 알려주리라.

한양 천리 머나먼 길을 훨훨 날아가면 좋으련만."

어사또가 이 말 듣고,

"저놈이 방자가 아니더냐. 방정맞은 놈. 내 본색을 알게 되면 금세 소문이 퍼지겠지. 잠시 속이는 수밖에 없겠구나. 이 애, 저기 가는 놈아, 여봐라!"

"당신이 날 불렀소?"

"오냐, 불렀다. 이리 좀 오너라."

"뭣땜시 불렀소?"

"너 어디에 사느냐."

"아니, 바쁘게 길 가는 사람 보고 그 말 물으려 불렀소? 별 사람 다 봤네. 나 한양 갔다 와서 말해 주겠소."

"어허 이놈. 그래 어디 사느냐? 한마디만 물어보자."

"허참, 우리 식구는 다 죽고 '나만' 사는디요?"

어사또 들으시고,

"나만 산다? '나만'이 '남원'이란 말이냐?"

"허, 이 양반. 빨리 알아맞히네그랴. 오뉴월에 똥을 누면 파리가 맨 먼저 알고 찾아온다더니만 파리보다 먼저 찾아오네그랴. 이왕 말이 나왔으니 숨김 없이 말하것소. 나는 남원의 감옥에 있는 성춘향이의 편지를 받아서 한양 삼청동을 찾아가는 길이오."

"이놈 능청이 보통이 아니네그려. 너 구관 사또 댁을 찾아간단 말이지?"

"아따, 당신. 귀뚜라미가 가을철 알아맞히듯이 잘도 알아맞히네그랴."

"이 애, 미안한 말이지만 한마디만 더 물어보자."

"또 뭔 말이오. 얼른 말하시오."

"네가 가지고 가는 편지를 잠깐 보자."

"뭣이 어째요? 생긴 것은 점잖게 생겨 가지고 속셈은 응큼하네그
랴. 남정네끼리 주고받는 편지도 남들에게 보여주는 게 예의가 아니
거늘, 부녀자가 쓴 편지를 남정네가 보자고? 그것도 행길가에서 보
자고? 어림없는 소리. 예끼, 이 나쁜 놈."

"네 이놈. 어른한테 아이들이 그렇게 말하는 게 아니다. 옛 당나라
시인이 쓴 시에 이런 구절이 있단다. '급히 쓴 편지이기에 할 말이
빠지지 않았는지 몰라. 편지를 전하러 떠날 사람을 보내기 전에 다시
뜯어 읽어 보노라.' 그러니 내가 잠시 그 편지를 읽어 보고 무슨 말이
빠졌는지를 알려주마."

"거지처럼 옷 입은 꼬락서니에 문자깨나 읊네그랴. 문자 한마디 모
르는 놈이 아는 체를 더 한다는 옛말도 있지만 꼭 그 꼴이네그랴. 하
지만 당신 꼬락서니에 문자깨나 읊은 값으로 내가 편지를 보여주리
다. 얼른 보고 돌려 주시오. 나 바쁘니껭."

어사또, 편지를 받아 읽어 보니 틀림없는 춘향의 글씨라. 창자 마
디가 끊어지는 듯 눈물이 앞을 가리는데. 방자가 눈치챌까 봐 눈물을
꾹 참고 사연을 보니.

춘향의 편지

"**글** 자마다 제 붉은 눈물이 스며 있어 검은 먹이 마르지 않을까 두렵나이다. 도련님, 옥체만강하십니까. 저는 이미 열 번도 더 죽은 목숨. 이제 남은 것이라고는 님 향한 일편 단심뿐입니다. 겨우 정신을 차려 두어 줄 글을 올립니다.

서방님과 이별한 후에 편지 한 장 띄우지 못한 것은 이유가 있습니다. 그 이유를 설명하자니 도련님이 마음 아파하실까 두려워서입니다.

저는 그저 님 그리는 마음이 갈수록 새롭다는 말만 전해드리고자 합니다.

님이 함께 계실 때에 글을 지으면 빗소리는 운율이 되고 달빛은 글 귀가 되었습니다. 하오나 님께서 떠나신 후에는 빗소리는 제가 눈물 흘리는 소리요, 저 달은 님의 얼굴이었습니다.

그래서 글을 짓다가 상심하여 거문고로서 마음을 달래면 거문고

줄이 뚝뚝 끊어지나이다.

세월은 흘러흘러 물과 같이 빠르고 번개처럼 빨리 흘러서 바야흐로 제게 뜻밖의 일이 생겼나이다. 목숨이 위태로울 지경이어서 제 처지는 물 밖으로 던져진 물고기입니다.

두 번 다시 못 볼지도 모르는 님이시여. 죽더라도 단 한 번만 더 보고 죽는다면 소원이 없겠습니다."

사연이 이쯤 되고 보니 편지가 눈물에 젖어 물걸레가 되었것다. 방자는 기가 막혀 이 도령을 욕하것다.

"아니, 저놈의 어른이 남의 편지를 물걸레로 만들어 놓았네그랴. 하, 이놈의 어른아. 그만 울고 남의 편지 물어내라."

"오냐, 물어 주마. 그리고 너는 한양에 가 보아야 헛수고다. 그 양반 안 계실 거다."

"계시고 안 계시고를 당신이 어찌 아나요?"

"나는 그 양반과 매우 가까운 사이다. 이번에 그 어른하고 전라도 구경하러 내려오다 길이 달라져서 잠시 헤어졌다가, 십오일에 남원에서 만나기로 했다. 이 편지는 내가 전해 줄 터이니 너는 도로 내려가서 품삯이나 두둑히 받아라."

"당신, 그게 참말이지라우?"

"어른이 아이에게 거짓말하지 않느니라."

"그럼, 편히 가시오."

"오냐, 잘 가거라."

방자, 돌아서서 생각하니 아무리 보아도 이 도령 같다는 느낌이 들어서 홱 돌아서것다.

"옳지. 우리 서방님 목덜미에 검정 사마귀가 있었지. 가서 봐야지. 여보시오. 여보시오. 거기 서 보시오."

"왜 아니 가고 그러느냐."

"내가 볼 것이 있소."

"볼 것 없다. 어서 가거라."

"꼭 좀 봐야겠소."

방자가 서방님을 쫓아가서 목덜미를 보것다.

어사또 왈,

"하, 이놈이 어른의 덜미를 잡고 왜 이러느냐."

"가만히 계시오. 꼭 봐야겠소."

그때 뒷목 한가운데에 거무튀튀한 사마귀가 홀쩍 나타나것다.

"아이고 서방님, 소인 방자놈이 문안 인사 드리오. 대감마님 서울 가신 후에 댁내 내내 안녕하옵시며, 서방님도 멀고먼 길에 피곤하지는 않으셨습니까. 이로써 문안 인사를 마치고 본론으로 들어갑지요. 서방님, 살려 주오, 살려 주오. 불쌍하게 옥에 갇힌 우리 아씨 살려 주오."

"오냐, 울지 마라. 울지를 마라."

"그런데 서방님. 이 모양 이 꼴이 무엇입니까요. 소인에게 가르쳐 주십시오."

"무얼 가르쳐 달란 말이냐."

"제가 관청 생활을 조금 해본 경험이 있어서 그런디, 서방님 암행 어사지요?"

이 도령은 본색이 탄로나면 금세 소문이 퍼질까 봐, 일단 방자에게 '그렇다'고 말을 해놓고는 소문을 막을 궁리를 하것다.

"그래 방자야, 네 말이 맞다. 그런데 아무에게도 말하지 말아라."

이에 방자가 천방지축 이리 뒹굴 저리 뒹굴.

"옳지. 우리 서방님이 어어어ー. 살았네, 우리 아씨가 이제는 살았네."

어사또는 방자에게 편지를 한 장 써 주것다.

"방자야, 아씨 목숨이 위태로우니 이 편지를 가지고 운봉 고을의 관리를 찾아가거라. 거기에서 아씨를 살릴 방법을 가르쳐 줄 것이니라. 속히 가라."

"예, 서방님."

방자는 발이 안 보이게 운봉 고을로 뛰어갔는디.

그 편지 내용인즉슨,

"방자를 감옥에 가두어라."

하는 명령이었것다.

이렇듯 방자를 보낸 이 도령은 길을 걷는디. 때마침 농사철. 농부들이 노래를 부르며 모를 심것다.

농부가 1

"두리둥둥 두리둥둥 어럴럴럴 상사뒤야
여보시오 농부네들 이내말을 들어보소
온세상이 태평할때 우리임금 헌옷입고
길거리로 나가시어 백성들의 노래들어
백성들의 근심걱정 무엇인지 아신다오

어이여어 상사뒤야 어럴럴럴 상사뒤야
휘휘청청 달밝은밤 임금님의 시절이요
땡볕아래 오뉴월은 우리농부 시절일세
학과함께 추는춤은 신선들의 춤이로되
패랭이를 걷어쓰고 막추는춤 농부결세

어이여어 어어여루 어럴럴럴 상사뒤야

누렁탱이 힘센소로 이논저논 깊이갈고
온갖씨앗 뿌리면은 곧여름이 돌아오네
싯누렇게 익은벼를 우걱지걱 추수하여
위로부모 아래처자 배부르게 먹여보세

어이여어 어허여루 어럴럴럴 상사뒤야"

농부가 2

"두리둥 둥둥 꽹매꽹 얼럴럴 상사뒤 어여루 상사뒤여 얼얼얼 상사뒤.

충청도 복숭아는 이 가지 저 가지에 주렁주렁 열렸고, 강남 땅의 밤 대추는 아그대다그대[9] 열렸다네.

어여루 상사뒤여 얼럴럴 상사뒤.

오뉴월 농사지어 팔구월 추수하여 우걱지걱 걷어들여 떨크덩떵 방아를 찧세.

어허여루 상사뒤여 얼럴럴 상사뒤.

서리 같은 쌀밥에다 굵은 콩을 까 놓고, 어린 자식들

앉혀 놓고 배부르게 많이 먹음세.

어허여루 상사뒤여 얼럴럴 상사뒤.

석양까지 일하고 돌아온 암소 같은 마누라와 거적 이불

뒤집어쓰고 어쩌고 저쩌고 거시기하면 내년이면 새끼 농부가 태어
나네.

어허여루 상사뒤여 얼럴럴 상사뒤.

떠들어온다 떠들어온다. 점심 바구니가 떠들어온다. 자, 이제 모두
쉬세. 점심 맛나게 먹고 다시 함세."

---

9) 아그대다그대 : 과일 등이 풍성하게 열린 모양.

어사또와 월매의 만남

우리의 어사또는 농부들이 모 심는 모습을 구경하면서 바야흐로 남원 땅엘 들어갔것다. 박석 고개에 턱 올라서서 좌우 산천 둘러보니, 산도 옛날에 보던 산이요, 물도 옛날에 보던 물이라. 하지만 물이야 흐르는 것이니 옛날의 물이야 있겠느냐.

"광한루야, 잘 있었냐. 오작교야, 무사하냐. 푸른 숲을 바라보니 춘향이와 둘이서 손 잡고 가느니 못 가느니 이별하던 곳이로구나. 선운사 종소리도 그때 듣던 그 소리로다."

북문 안에 들어서니 보름날에 맞추어 모이라고 명령을 내렸던 역졸들이 다 모여 있구나. 역졸들이 앞다투어 문안을 여쭙거늘, 어사또는 내일 일을 분부하고 춘향의 집을 찾아가것다.

바야흐로 서산마루에 해는 지고 황혼이 되니 집집마다 밥 짓느라고 저녁 연기가 자욱하여 길 찾기가 쉽지 않구나.

차츰차츰 찾아가서 춘향 집 앞에 당도하여 동정을 살펴보니, 그때 춘향의 어머니는 뒤뜰에 냉수를 떠 놓고 무릎 꿇고 두 손을 모아 기도를 드리고 있는디.

"비나이다, 비나이다. 하늘님, 땅님, 해 달 별님, 동서남북 다스리는 장군님께 비나이다. 우리 딸 성춘향은 낭군 위해 수절하다 캄캄한 옥중에서 죽을 목숨 되었나이다.

어서어서 삼청동 이몽룡 씨가 과거 급제하고 어사또 되어 오늘 남원 땅에 내려와 내 딸을 살려 주옵소서.

아이고 어쩔꼬, 아까운 내 새끼를. 죽는 꼴을 어찌 보아야 하나. 향단아, 물 갈아라. 정성 다해 빌 날도 오늘밤에는 다시 없구나."

어사또가 밖에서 듣자니 슬픈 마음이 솟구치더라.

"차마 눈 뜨고 못 보겠구나. 내가 조상 덕으로 어사가 된 줄 알았더니, 여기 와 보니 춘향이 어머니의 정성이 그 공덕의 반쯤은 되겠구나. 그러니 내가 이 꼴로 들어갔다가는 저 늙은이 성질에 입 안에서 상추쌈이 씹히듯이 어그작시그작 씹힐 텐데. 내가 여기서 나직이 한 번 불러 보고 들어갈 수밖에 없겠구나. 이리 오너라. 게 아무도 없느냐."

춘향의 어머니는 서럽게 울다가 깜짝 놀라,

"향단아, 도대체 어느 놈이 술을 잔뜩 먹고 와서 오뉴월 장마통에 흙담 무너지는 소리를 하느냐. 어서 나가 보고 오너라."

향단이도 놀라서 조심조심 나가 보니 웬 사람이 서 있거늘.

"누구를 찾소?"

"너희 마나님 좀 잠시 나오라고 여쭈어라."

향단이는 집으로 다시 들어가서,

"마나님, 웬 거지 같은 사람이 와서 잠시 나오시라고 여쭈라는데요."

"아이고, 이 경황중에 있는 늙은이를 누가 오너라 가거라 한다냐?"

춘향 어머니는 거지가 와서 동냥을 달라는 줄 알고 거지를 쫓으러 나오것다.

"허허, 이 거지야. 너는 눈치도 없고 코치도 없고 염치도 없느냐. 이 고을에서 동냥하면서 소문도 못 들었느냐. 내일이면 나의 무남 독녀 외동딸이 죽을 목숨 되었는데 동냥은 무슨 동냥, 썩 가거라."

어사또 이르기를,

"동냥은 못 줄지언정 거지 바가지는 깨지 말라고 하였는데, 구박하여 내쫓는 이런 일이 도대체 어느 나라 법도냐."

이렇듯 한바탕 춘향의 어머니를 놀린 뒤에 신분을 밝히것다.

"내가 왔네, 내가 와. 자네는 나를 모르나? 날이 가고 달이 가고 해가 지나니 자네가 나를 잊었구만."

"나라니 누구야? 말을 해야 내가 알지. 해가 져서 날은 저물고, 성도 모르고 이름도 모르는데 덮어 놓고 나라고 하면 내가 어찌 자네를 알 수가 있것나?"

"허허, 이 늙은이. 내 성이 이가라고 하면 알겠나?"

"이가라니 어떤 이가? 자네는 성만 있고 이름은 어디다 내버리고 다니나?"

"어허, 우리 장모가 망령났네. 장모, 자네가 날 몰라?"

"장모라니 웬 놈이냐?"

"허허, 이 늙은이 망령났네, 망령났어. 자네가 나를 모른다 하니 내 사는 곳과 이름을 알려줌세. 한양 삼청동 사는 이몽룡, 춘향 낭군 이몽룡. 그래도 날 모르겠나?"

춘향 어머니는 이 말을 듣고 어안이 벙벙, 두 눈이 침침. 한참 동안 말을 못하고 넋 나간 사람처럼 물끄러미 바라보다 우루루루 쫓아나와 어사또 목을 부여잡것다.

"아이고 이게 누구야. 몽룡이라니? 참담인가, 농담인가, 재담인가, 진담인가. 어디 보세 어디 봐."

찬찬히 위아래를 조목조목 살피더니,

"왔구나, 우리 사위 왔네그랴. 어디를 갔다가 이제 오는가. 얼씨구 우리 사위 하늘에서 떨어졌나 땅에서 불끈 솟았나. 구름이 하 높더니 구름 속에 쌓여 왔나, 바람이 깨끗하더니 바람결에 날아왔나.

그나저나 이리 오소, 들어가세. 뉘 집이라고 아니 들어오고 문 밖에서 주저하나. 향단아, 불 밝혀라. 서울 서방님이 오시었다."

향단이가 통통통통 들어서며,

"서방님, 향단이 문안 드리오. 서방님 먼먼 길에 안녕히 오시니이까? 그런데 서방님은 우리 춘향 아씨 소문은 들으셨오? 내일이면 죽게 되오, 우리 춘향 아씨 죽게 되오."

향단이는 치맛자락 끌어다가 눈물을 씻으면서 훌쩍훌쩍 울음 울것다. 평생 모시던 아씨가 내일이면 죽는다는데, 그 어찌 안타깝지 않겠더냐.

하지만 어사또는 느긋하게 말을 하는디.

"울지 마라, 향단아. 울지를 마라. 설마 하니 너희 아씨 죽는 꼴이야 보겠느냐."

이때야 춘향의 어머니도 어사또의 꼴을 살피는디. 거지 중에서도 상거지라.

춘향 어머니는 기가 막혀 우루루루 뛰어나가 정화수 그릇을 와닥딱 와그르르르 탕탕 냅다 던지고 흙담에 짓이기것다.

"죽었구나, 죽었어. 내 딸 춘향이 영영 죽었네. 칠십 먹은 늙은 년이 우리 사위 잘 되라고 밤이나 낮이나 빌고 또 빌었는데 저 지경이 웬일이냐. 하늘님도 망령 들으셨나, 우리 딸을 살펴 주지 않으시네."

월매는 드디어 방으로 들어가서 이 도령의 가슴을 탕탕 치면서 말을 하것다.

"아이고 이게 웬일이냐. 고운 얼굴 어디 가고 이 행색이 무엇인가. 조물주가 질투했나 귀신들이 미워했나. 이 지경이 웬일이오."

이 도령은 여전히 능청스럽게 장모를 데리고 놀것다.

"여보소, 장모. 울지 마오. 이것도 팔자이니 울음 운들 어쩌리오. 배가 고파 미칠 지경이니 밥이나 있거든 한 술 주오."

춘향 어머니는 기가 막혀,

"거지 줄 밥은 있어도, 자네 줄 밥은 없네."

그때 향단이가 끼어들어,

"마나님, 그리 마오. 아기씨를 잊지 않고 산 넘고 물 건너서 머나먼 길 찾아오신 귀하신 서방님인데 서운하게 하지 마오."

향단이는 부엌으로 들어가서 먹던 밥이며 채김치며 냉수를 떠받쳐 들고 다시 방으로 들것다.

"서방님, 여보 서방님. 더운 진지 지을 동안 우선 요기나 하옵소서."

어사또는 밥을 먹되 마치 먼 산 호랑이가 지리산을 넘어가듯, 두꺼비가 파리를 삼키듯, 중이 목탁치듯, 마파람에 게 눈 감추듯, 고수가 북을 치듯, 후닥후딱 밥 한 그릇을 해치우것다.

"어, 잘 먹었다."

이빨을 쑤시면서 트름도 끅 하것다. 어사또가 밥 먹는 모습을 물그러미 지켜 보던 춘향 어머니 왈,

"잡것, 꼴에 우악스럽게도 처먹네."

어사또는 그저 껄껄 웃더라.

"거, 입맛도 살림살이 따라가는 것인 모양일세. 아까는 배가 고파 춘향이 생각은 별로 없더니만, 이제 속을 채우고 나니 춘향이 생각이 간절하네그려."

.

옥 안의 춘향

밤은 점점 깊어 가서 산도 잠들고 들판도 잠들고 밤새마저 지쳐 잠들 시간. 하지만 이 도령과 춘향의 어머니와 향단이는 방 안에서 넋을 놓고 앉아 있구나. 드디어 바루[10] 시간이 되었구나.

'댕 댕 댕.'

"마나님 바루 쳤사오니 아기씨께 가십시다."

"오냐, 가자. 어서 가."

춘향 어머니는 향단이를 앞세우고 거지 사위를 뒤에 세워 옥으로 내려가것다. 밤은 적적 깊은데 인적은 아직 고요하고. 밤새 소리는 푸푸. 물소리는 주루루루루, 도깨비불은 휫휫, 바람은 우루루루, 궂은 비는 퍼붓고 귀신들은 짝을 지어 이히이히이히이히, 춘향 어머니는 그저 기가 막힐 따름이더라.

"아이고 내 신세야. 어머니인 나를 위해 네가 울어야 하는 것인데, 지금은 어찌하여 너를 위해 내가 우느냐. 내가 너를 장사지내면 내

장사는 누가 지내 줄 것이냐."

감옥에 당도하여 옥문 걸쇠 부여잡고 지긋지긋 흔들며,

"아가, 춘향아. 정신차려라, 에미 왔다."

그때 춘향이는 죽을 일을 생각하다 이러구러 잠이 들어 있었것다. 비몽사몽간에 남산 흰 호랑이가 옥담을 뛰어넘어 옥문 앞에 와서 우뚝 서 있는 꿈. 뻘건 입을 쩍 벌리고 어흥 소리를 지르는디.

춘향이는 꿈속일지언정 얼마나 겁이 났던지 온몸이 오싹, 머리끝까지 쭈뼛, 깜짝 놀라 깨어나니 식은땀이 쭈루루루, 가슴이 벌렁벌렁. 누군가가 부르는 소리가 언뜻 들리것다. 어머니가 부르는 소리를 귀신 소리로 들었것다. 하여 귀신 쫓는 주문을 외우는디.

"수리수리 마수리 수수리 사바하. 옴급급여율영사파 쉐!"

춘향 어머니는,

"아이고 저것이 에미 소리를 귀신 소리로 듣네그랴."

춘향을 다시 소리쳐 부르것다.

"춘향아, 정신 차려라. 에미 왔다."

"아이고 어머니, 밤 늦은데 어찌 오셨소?"

"오냐, 왔다. 이리 조금 나와 앉아 봐라. 왔느니라 왔단다."

"오다니, 누가 와요?"

"밤낮으로 기다리던 서방님인지 동방님인지, 서울 사는 이몽룡인지 이못난놈인지가 비렁뱅이가 되어서 나타났다. 어서 나와 얼굴 봐라."

---

10) 바루 : 파루(罷漏)의 사투리. 옛날에 새벽 4시쯤 통행 금지 해제를 알리던 종소리 신호.

어사또와 춘향의 재회

춘향은 이 말을 듣더니 어안이 벙벙, 가슴이 꽉꽉. 한참 동안 말을 하지 못하더니, 옥문 틈으로 손을 내어 빈 손만 내두르더라.

"아이고, 이게 웬 말씀이오. 이 애, 향단아. 등불 조금 밝히어라."

천근같이 무거운 칼머리를 두 손으로 버텨 잡고 매맞은 다리를 끌며 뭉그적뭉그적. 한참만에 옥문 문짝 부여잡고 바드드득 일어서며,

"서방님 오셨다니, 내 손이나 잡아 주오."

어사또는 목이 메어 춘향 손을 부여잡으니, 참았던 눈물이 하염없이 쏟아지것다.

"네가 이게 웬일이냐. 부드럽고 곱던 얼굴이 이제는 뼈만 남았구나. 어, 분하다 분해."

춘향 어머니도 말 한마디를 덧붙이는디.

"아이고, 저 꼴에 서방이라고 환장하네그려."

"아이고, 어머니. 그리 마오. 백년 언약 정한 배필, 좋고 그르고 웬말이오. 잘 되어도 내 낭군, 못 되어도 나의 낭군. 높은 벼슬 서방님 나는 싫소. 이제 잠시라도 내 서방님을 뵈었으니 이제 죽어도 원 없소이다.

그나저나 날 밝으면 사또 생일. 생일 잔치 끝날 즈음 나를 올려 죽인다니, 서방님 멀리 가지 마오. 옥문 밖에 서 있다가 칼머리나 들어주오. 나를 죽여 내놓거든 또 할 일 있소. 다른 사람 손 대기 전에 삯꾼인 양 달려들어 나를 업고 물러나와 우리 둘이 인연 맺은 연못가에 날 눕히소서.

그 다음은 서방님 속옷 벗어 나를 묻어 주되, 서방님네 조상들이 대대로 묻힌 산에 나도 함께 묻어 주오. 그러면 서방님이 설날, 한식, 단오, 추석, 그 밖에 조상님들 제사 지낼 때에, 저도 한 자리 끼어 서방님을 볼 수 있지 않겠나이까.

저의 제사상도 따로 차려 술 한 잔 부어 주소서. 내 무덤에 올라서서 발 툭툭툭 세 번 구르면, 저는 서방님이 오신 줄로 알겠나이다. 서방님께서 '춘향아' 부르시면, 저는 그것밖에 바라는 바 없습니다."

어사또는 목이 메어 눈물이 마르는가 싶으면 또 흐르고, 흐르는가 싶으면 또 닦아내기를 여러 번 하더라.

"오냐, 춘향아. 울지 마라, 울지를 마라. 내일 날이 밝으면 네가 상여를 타게 될지 가마를 타게 될지 그 속이야 뉘 알랴마는, 하늘이 무너져도 솟아날 구멍은 있는 법이다. 오늘만 견디어라. 꼭 좋은 일이 있을 것이다. 그러니 춘향아, 울지 말라고 하면 제발 울지를 말아다오."

춘향이, 어머니를 부르더니 부탁을 하는디.

"칠 년 가뭄 백성들이 비를 기다린들, 내가 한양 가신 서방님을 기다리듯 애타지는 않았을 터. 심은 나무 꺾어지고 공든 탑이 무너졌네. 가련하다 이내 신세, 하릴없이 되었구나.

어머님은 나 죽은 후에 원한이라도 없게 해주오. 나 입던 비단옷은 한산의 고운 모시와 바꾸어서 물색 곱게 도포 지어 서방님 입히시고, 비녀와 가락지는 팔아다가 서방님께 고운 신발 사드리고, 그 밖에 여러 가지 다 내다 팔아 좋은 반찬으로 서방님 진지 대접하오. 나 죽은 후에도 나 없다 말으시고 나 본 듯이 섬기소서."

이제 모두들 돌아가는디, 춘향이 어머니가 이 도령에게 묻것다.
"자네 어디로 가는가?"
"자네 집으로 가지."
"나, 집 없네."
"아까 그 집 뉘 것인가?"
"그것이야 과부네 집이지."
"아, 과부집이면 더욱 그 집으로 가야겠구만."
이때 향단이가 끼어들어 말싸움을 말리것다.
"서방님, 마나님께서 하신 말씀 아니꼽게 듣지 말고 집으로 가시이다."
그러나 이 도령은 집으로 가지 않고 다른 길로 빠지더라. 춘향 어머니와 향단이는 울며 짜며 돌아가고, 어사또는 어디론가 휑하니 가는디.

변 사또의 생일 잔치

이윽고 날이 밝아 변 사또의 생일 잔치를 동헌에 차리는데, 매우
요란하게 차리것다. 붉은 단청을 칠한 누각은 푸른 하늘에 솟
아 있고, 구름 같은 차일을 사방에 둘러치고, 울릉도 왕골로 만든 돗
자리, 봉황 문양을 새긴 돗자리, 꽃무늬 비단 방석이 여기저기 놓였
것다.

그뿐인가. 푸른 휘장도 둘러 있고, 청사 초롱 홍사 초롱 초를 꽂아
걸었으며, 몸을 기대어 앉는 방석 옆에는 침을 뱉는 그릇도 따로이
준비하고, 재떨이며 담배에다 초꽂이엔 쇠기름초, 연두저고리에 다
홍치마 곱게 입은 기생들은 집집마다 봄이 들어 송이송이 피어난 꽃
송이 같구나.

변 사또에게 초청받은 각 고을 수령이 들어온다. 나이 많은 곡성
원님, 인물 잘생긴 순창 군수, 기생 많이 거느린 담양 부사, 풍채 좋
은 남평 현령, 근심 없는 광주 목사가 사방에서 들어올 때, 남원 사또

변학도가 윗자리에 앉으니 모두 각기 차례대로 제자리에 앉었다.

가야금에 거문고 비파 소리가 울려 퍼지고, 기생들은 마주 서서 배따라기 노래를 하며 칼춤에다 살풀이 춤판도 벌어진다.

이때 어사또는 아침을 든든히 먹고 동헌에 들어가 구경꾼에 함께 섞여 이리저리 다니는디. 신명이 나서 여기 가서 우쭐, 저기 가서 우쭐, 여기 가서 끼웃하고 저기 가서 끼웃하다가, 잔치판으로 뛰어들것다.

"모두들 안녕하시오? 저는 충청도 사는 놈이온디 오늘 잔치 소문 듣고 구경이나 하다가 술과 안주를 얻어먹고 싶어서 염치불구하고 왔소이다. 여러 나리들은 저를 나무라지 마시오."

관청의 심부름꾼들이 우르르 몰려들어,

"어따, 이게 웬 양반이오?"

어사또의 등짝을 밀치고 옆구리를 떠밀고 급기야 따귀까지 올렸것다. 어사또는 기가 막혀 기둥을 꽉 껴안았것다.

"예라, 이놈들, 놔라. 가난한 양반 옷 찢어진다. 이 기둥 뿌리 무너지면 여러 사람 깔려 죽으니 썩 물러나지 못할까."

이렇듯 실랑이를 벌일 때, 원래 눈치 있고 재치 있는 운봉 고을의 현감이 어사또를 살펴보매 의복은 남루하나 행동거지가 남다른지라 심상치 않은 예감이 들었것다. 하여 관청 심부름꾼들을 꾸짖는디.

"여봐라, 저 양반 이리 모시고 한 상 차려 올려라."

어사또가 하인들과 옥신각신하느라 인심을 크게 잃은지라, 상을 차려 왔으나 귀퉁이가 떨어진 개다리 소반에다 뜯어먹다 버린 갈비 한 대 올려놓고 먹다 남은 콩나물국과 벌레 먹은 대추, 그리고 **뻑뻑**한 막걸리를 내오것다.

"어서 처먹으시오."

상을 받은 어사또는 부채를 거꾸로 쥐고 운봉 현감의 옆구리를 콕 찌르것다.

"여보시오."

운봉 현감은 깜짝 놀라,

"허허, 이 양반. 왜 그러시오."

"저기 저 본관 사또 상에 놓인 갈비 한 대 먹게 해주오."

운봉 현감이 하인을 불러,

"저 상의 갈비를 가져다가 이 어른께 올려라."

어사또가 부채꼭지로 또다시 운봉 현감의 옆구리를 찌르니, 운봉 현감은 또다시 놀랐것다.

"아니, 여보시오. 당신 손은 가만 놔두고 말씀만 하시오."

이에 어사또는 슬슬 관리들을 놀려먹는디.

"사람의 입은 똑같은 것이니, 어르신네가 자시는 술이나 한 잔 먹읍시다."

운봉이 변 사또에게 받았던 잔을 어사또에게 주었것다.

이에 어사또는 또 트집을 잡는디.

"술은 보잘것 없어도 안주는 좋아야 하고, 술잔은 나중에 온 사람에게 먼저 권해야 한다는데, 내 상을 보고 잘 차려진 남의 상을 보니 내 속에서 불이 납니다그려."

운봉이 대답하되,

"우리는 먼저 오고 손님은 후에 오서 갑자기 차리느라 조금 부족한 게 있는 모양입니다. 잡숫고 싶은 음식이 있거들랑 내 상에서 같이 잡수십시다요."

"아니오, 어르신네 또한 손님이니 그런 염려는 마시오. 저 주인상하고 바꿔 먹었으면 꼭 좋으련만."

이때 본관 사또는 잔칫상을 물리기 전에 풍악이나 한바탕 울리라 하고, 아름다운 기생들을 곁곁이 끼어 안고, 술을 권하는 '권주가'와 '장진주'라는 시를 가지고 노래를 하더라.

이에 어사또도 왈.

"여보시오, 저기 저 기생하나 불러내어 내 앞에 권주가 노래 한 자락 부르게 해주오."

그러자 늙은 기생이 싫은 기색으로 걸어나와 어사또에게 술을 부어 권하는디.

"이 술을 먹으면 천만 년 동안 빌어먹고 사는 데 어려움이 없으리라."

그러자 어사또는,

"이 술을 나 혼자 먹으면 천만 년 이나 빌어먹을 수 있다니, 우리 이러지 말고 이 자리에 모이신 구경꾼들도 다 같이 나눠 먹어 오늘 하룻밤만이라도 푸지게 빌어먹읍시다."

하며 술잔을 저편으로 뿌리치것다.

본관 사또는 참다못해 어사또를 내쫓을 생각으로 문제 하나를 내는디.

백성의 피를 뽑아 만든 술

어 사또 왈.

"여러분께 드릴 말이 있소. 각자 시를 한 수씩 지어서 훗날에 기념이 되도록 남기되, 만일 시를 못 짓는 사람이 있으면 곤장을 때려 쫓아내기로 합시다. 운자[1]는 내가 내겠소. 기름 고(膏), 높을 고(高)."

어사또가 이 말을 듣더니 옆자리 운봉에게 넌지시 말을 건네것다.

"여보시오. 나도 부모님 덕택에 책깨나 읽었으니 내가 먼저 짓겠소. 거 붓 좀 빌려 주시오."

운봉이 하인을 불러,

"이 양반께 종이와 붓과 먹을 올려라."

어사또는 지필묵을 받아 단숨에 써 내려가 시 한 수를 선뜻 지었것다. 이에 시를 운봉에게 건네 주며 겸손하기까지 하더라.

"지나가는 손님의 글이라 변변치 못하오니, 잘못된 데가 있으면 보시고 고쳐 주시오."

운봉이 받아 보니 글씨가 명필이요, 글 속에 뼈가 있는지라. 찬찬히 읽어 가는 도중에 손이 흔들흔들, 얼굴빛이 샛노래지것다. 바야흐로 기생들이 시를 받아 창으로 시를 읊는디, 그 내용이 이러하더라.

金樽美酒千人血(금준미주천인혈)
玉盤佳肴萬姓膏(옥반가효만성고)
燭淚落時民淚落(촉루락시민루락)
歌聲高處怨聲高(가성고처원성고)

맛있는 술은 백성들의 피를 짜내서 만든 것이요
맛있는 안주는 백성들의 몸에서 기름을 짜내서 만든 것
촛농이 떨어질 때에 백성들의 눈물도 떨어지고
노랫소리 높은 곳에 백성들의 원망 소리도 높도다.

기생들이 노래를 부르자 갑자기 좌석이 요란해지것다.

"아이고, 글 속에 벼락이 들어 있소."

이때 역졸 하나가 다가와서 무슨 문서를 내놓으며 어사가 곧 출또할 것이라고 귀띔을 해주것다. 이에 이방이 겁을 먹고 얼떨떨한 얼굴로 동헌으로 급히 가서 아뢰기를.

"어사또가 문서를 내리셨소."

생일 잔치가 어찌 되었겠나. 수령들은 모두 겁을 내고, 본관 사또 변학도도 겁을 내어 손발이 절로 떨리것다. 각 고을 수령들은 혼비백산하여 서로의 귀에 대고 속짝속짝.

"남원은 이제 절딴났소. 여기에 있다가는 첫서리 맞기 십상이니 곧

떠납시다."

눈치 빠른 운봉이 먼저 일어나서 변학도에게 아뢰것다.

"여보 사또, 나는 지금 떠나야겠소."

변 사또가 운봉을 부여잡고,

"조금만 더 머물다 갑시다."

"아니오. 오늘이 우리 장모님 제삿날이라서 불참하면 큰 야단이 날
터이니 지금 떠나야겠소."

곡성도 일어서며,

"여보 사또, 나도 떠나야겠소."

"아니 곡성은 웬일이시오?"

"나는 오늘 학질(말라리아)이 발작하는 날이라 어찌 떨리는지 빨리
떠나야겠소."

이때 우리의 어사또는 기지개를 불끈 켜며,

"에, 잘 먹었다. 여보 본관 사또, 잘 얻어먹고 잘 가오마는 다들 흥
이 깨져 서둘러 가니 무슨 일이 생겼소?"

본관이 화를 내며,

"잘 가든지 말든지 맘대로 하시오."

이에 어사또는 "우리 인연이 있으면 곧 다시 만나리다"며 물러서는
디. 어사또가 자리에서 일어나서 좌우를 살펴보니 푸른 빛의 도포를
입은 역졸 수십 명이 구경꾼 속에 함께 섞여 드문듬썩 어사또의 행동
거지만 살피고 있것다.

---

11) 韻字 : 한시에서 '운'으로 다는 글자로서, 둘째와 넷째 행의 마지막 글자가 똑같거나
발음이 비슷한 경우가 많음.

암행어사 출또야

어 사또가 뜰 아래로 내려와 눈 한 번 꿈쩍, 부채를 까딱, 발을 한
번 구르것다.

어디 숨어 있었는지 역졸 수십 명이 태양 같은 마패를 들어 메고
사방에서 우루루루 화닥딱 몰려오며 소리를 지르것다.

"암행어사 출또[12]야!"

"암행어사 출또야!"

"암행어사 출또야!"

세 번 외치는 소리에 하늘이 덥쑥 무너지고, 땅이 툭 꺼지는 듯. 수
백 명 구경꾼이 돌담을 무너드리고 물결같이 함께 밀려오는디. 천하
장사의 꾸짖는 소리가 이렇게 무서울쏘냐. 장비의 호통 소리가 이렇
듯 무서울쏘냐. 유월의 서릿바람에 뉘 아니 떨쏘냐.

각 고을 수령들이 정신 잃고 경황 없이 이리저리 피신할 때, 그 모
습이 우습구나.

어떤 놈은 돈주머니를 찾지 못하고 수박통을 허리춤에 꿰차고, 지방 관청에서 음식을 만드는 일을 맡아 보는 하인놈은 젓가락통을 찾지 못하고 피리통에 젓가락을 주워 담는구나.

북통을 책임지는 녀석은 가야금을 등에 짊어지고 내빼려 하고, 우산을 잃어버린 하인놈은 방석을 머리에 이고 숨을 곳을 찾더라. 곡식을 잃은 마부는 왕겨 푸대를 말에 실었으며, 가마 메는 하인은 줄만 메고 들어오것다.

변학도 호령하되,

"워따, 이놈들아. 빈 줄만 메고 들어오면 무얼 타고 가잔 말이냐."

"이 와중에 무엇이 허물이겠나이까. 광대패가 하는 것처럼 두 줄 사이에 다리만 넣고 행차하십시다요."

"아이고 이놈들아."

밟히느니 음식이요, 깨지느니 사기 그릇이로다. 장구통은 허리통이 부러지고, 북통은 굴러다니것다. 가야금 줄 뚝 끊어지고, 젓대는 밟혀서 깨지고, 기생은 비녀를 잃어버리고 대신 젓가락으로 머리를 꽂았으며, 나팔수는 나팔 잃고 주먹 불며 홍앵홍앵.

대포수는 총을 잃고 입방포로 쿵! 이마끼리 맞부딪쳐 코 터지고 박 터지고 피 죽죽 흘리는 놈, 발등 밟혀 자빠져서 아이고 아이고 우는 놈, 아무 일 없다는 듯 시침떼면서도 우루루 달음박질치는 놈. 그놈들이 한결같이 하는 말은,

"허허, 우리 고을에 큰일났다."

공방이 기가 막혀 유월 그 더운데 핫저고리에 개가죽을 한데 얹어 등에 덮고 슬슬슬 슬슬슬슬 기어서 들어오니, 역졸들이 우루루루루루 달려들어 후다딱!

"아이고! 나는 삼대 독자요! 살려 주오!"

"이놈, 삼대 독자 쓸데없다!"

"아이고! 나는 오대 독자요! 살려 주오!"

"이놈, 오대 독자도 쓸데없다!"

동에 번쩍, 서에 번쩍, 역졸들이 어찌나 때려 놨던지 어깻죽지가 무너졌구나.

춤추던 기생들은 팔 벌린 채 달아나고, 여종은 밥상 잃고 물통 이고 들어오며,

"사또님, 세숫물 잡수시오."

운봉은 넋을 잃고 하인이 내준 말을 거꾸로 타고 가며,

"어따, 이놈 마부야. 이 말이 운봉으로는 아니 가고 남원으로 도로 가니 암행어사가 축지법 도술을 하나부다."

"사또님, 말을 거꾸로 탔으니 다시 내려 옳게 타시오."

"그럴 새가 어디 있느냐? 차라리 말 모가지를 쑥 빼어다 엉덩이에다 꽂아 놓아라."

이때 변학도는 바지에 똥을 싸고, 멍석 구멍에 생쥐 눈 뜨고 안방으로 들어가서 아랫것들에게 명령하기를,

"어, 추워라. 문 들어온다. 바람 닫아라."

---

12) 출또 : 출두(出頭)의 속칭. 어사 출또.

춘향, 석방되다

그 때 어사또는 옷을 갈아 입고 동헌에 들어가것다. 역졸들이 변
학도를 찾아내어 암행어사 앞으로 끌어내렸것다.

이리저리 어수선하자 첫 명령을 내리는디.

"잡소리를 금하라."

"잡소리를 금하랍신다."

"잡소리를 금하였소."

동헌에 앉은 후, 제일 먼저 내린 명령은 이러하것다.

"본관은 봉고 파직이오."

두 번째 명령은 이러하것다.

"옥에 갇힌 죄수의 명부를 올려라."

형리가 명부를 올리니 어사또가 보시고, 죄의 무거움과 가벼움을
헤아려 풀어 줄 사람은 풀어 주고 가둬 둘 놈은 더 가두게 하것다.

그제서야 춘향이를 부르는디.

"춘향이를 불러 오거라."

"춘향이를 불러 오랍신다."

옥을 담당하는 관리가 옥 열쇠를 들고 충충충 나가더니 잠긴 자물쇠를 절그렝쳉 열며,

"나오너라, 춘향아. 암행어사 출두 후에 너를 올리라 명하시니 지체 말고 나오너라."

춘향이 이 말을 듣더니 정신이 아찔해졌것다.

"아이고, 인제 죽는구나. 여보시오, 나으리. 대문 밖이나 옥문 밖에서 누더기 도포에 찢어진 갓을 쓴 거지를 하나 못 보았소?"

"아, 이 사람아. 이 난리통에 우리 아버님도 몰라보게 되었는데 누구를 봐."

"아이고, 어디를 가셨는가. 갈매기는 어디 가고 물 들어오는 줄 몰라 있고, 사공은 어디를 가고 배 떠나가는 줄 몰라 있고, 우리 서방님은 어디를 가서 나 죽는 줄을 모르신고?"

이내 몸 죽어지면 칠십 먹은 우리 어머니 그 누가 모시며, 다정하신 우리 낭군 옛 언약을 아니 잊고 나를 찾아왔다가 이 몸 이미 죽은 후면 그 서러움이 오죽하리. 아이고 이 일을 어쩔꼬."

이렇듯 한탄하는 사이에 동헌 마당에까지 도착했것다.

"죄인 춘향 올렸소."

"칼을 벗겨라."

"칼을 벗기랍신다."

"칼을 벗겼소."

어사또는 춘향을 내려다보며,

"너는 기생의 자식으로 한 고을 사또의 명을 듣지 않았다 하니 그러고도 살기를 바랄까?"

"절개를 지키는 데 위아래가 있소?"

"네가 한 지아비만 섬겼는고?"

"이부를 섬겼나이다."

'이부'란 두 지아비가 아닌가. 어사또는 춘향이가 '이부를 섬겼다'고 말하자 화가 났것다.

"네가 열녀라 소문이 났더니 이부를 섬겼다?"

"두 이(二)자 이부(二夫)가 아니라 오얏 리(李)자 이부(李夫)로소이다."

"네 말이 그럴진대 내 성도 이가니 나의 수청을 들겠는고?"

"분부가 그러면 아뢸 말씀 없사오니 오직 죽여 주오. 어서 급히 죽여 주면 혼이 되어 떠 다니며 삼청동에 올라가서 이몽룡을 보겠나이다. 어서 죽여 주오. 송장 임자가 문 밖에 있을 터이니 어서 급히 죽여 주오."

어사또 껄껄껄껄 웃으시며,

"과연 열, 열, 열, 열녀로구나. 여봐라."

"예이!"

어사또가 비단 주머니에서 가락지를 꺼내며,

"이걸 춘향에게 주고, 얼굴을 들어 날 보라 하라."

춘향이 가락지를 받아 보니 이별할 때 서방님에게 징표로 주었던 가락지가 분명하것다. 이 일이 어찌 된 일이냐.

깜짝 놀라 고개 들어 어사또 얼굴을 살펴보니 어젯밤 옥문 밖에 거지로 왔던 서방님이로구나. 춘향이 한편으로는 말 못 하게 기쁘면서도 한편으로는 서럽기도 하여 두 눈에 눈물이 듣거니 맺거니 하것다.

"아이고 서방님. 어사또가 아무리 남모르게 다닌다 한들 그다지도 속이셨소. 어제 서방님이 옥문에 오셨을 때 요만큼이라도 귀뜸해 주

셨으면 마음이나 놓고 잠을 자지. 애간장 탄 걸 생각하면 오늘까지
살아 있는 게 뜻밖이오. 그건 그렇고 이것이 꿈이냐 생시냐, 분간을
못 하겠네."

두 손으로 무릎을 짚고 바드드득 떨고 일어서며,

"얼씨구나 절씨구, 지화자 좋네. 목에 칼을 끌렀으니 목도 한 번 돌
려 보고, 족쇄도 끌렀으니 종종걸음도 걸어 보자. 서방님 계신 동헌
마루를 두루두루 거닐어 보자. 어머니는 어딜 가시고 이런 경사를 모
르시나?"

신바람 난 월매

이 때 춘향의 어머니는 춘향이가 살아난 줄은 진작에 알았지만,
지난 저녁에 어사또를 몰라본 일도 있고 해서 선뜻 들어가지
못하고 밖에서 어정거리고 있었것다. 춘향이가 드디어 어머니를 찾
는 소리가 들리자 기고 만장하여 들어가는디.

"어디 가긴, 여기 있다. 어사 장모님 행차한다."

우루루루 들어갈 터이지만, 엊저녁 어사또를 너무 괄시했으니 동
헌 마당에서 한바탕 발뺌을 하것다.

"얼씨구나. 우리 사위, 풍채가 저리 번듯하니 충신이 아니 되리오.
여보시오, 어사 사위. 남원의 이 월매, 눈치가 뉘 눈치라고 사위가 어
사인 줄 진정으로 몰랐으랴? 천기누설 안 하려고 너무 괄시를 하였
더니 사위는 속도 모르고 내내 노여웠지?

얼씨구나, 내 딸아. 위에서 흐른 물이 발치까지 적신다고 내 속에
서 너 낳았으니 나도 열녀가 아니리오. 흰 눈같이 깨끗한 우리 열녀

춘향아, 하늘의 복을 받았구나. 그 기쁨에 내 기쁨 겹쳐 아주 기쁘고 영 기쁘다. 늙어진 고목 끝에 연꽃이 피어났네. 얼씨구 절씨구 지화자 좋네. 어느 바람이 불었는가. 좋은 바람이 불었으니 욕됨도 씻어 보고 남의 신세도 갚아 보세.

그리하여 이놈의 이방놈아, 너 한번 죽어 봐라. 내 딸 춘향 갇혔을 대 쌀 한 섬에 고기 닷근 보냈는데, 네놈이 우리 딸을 몹시 매질하고 칼까지 씌웠것다. 네 이놈 이방아, 이번엔 네가 죽을 차례다.

그리고 남원 사람들아, 아들 낳기 바라지 말고 춘향 같은 딸을 낳아 곱게곱게 잘 길러, 서울 사람이 왔다 하면 묻지도 말고 사위를 삼으소. 얼씨구 절씨구, 지화자 좋네.

예방의 공인들아, 풍악을 울려라. 이런 경사에 춤 안 추고 어느 때에 춤을 추랴. 이 궁뎅이를 놔뒀다가 논을 사겠냐 밭을 사겠냐, 놀 대로 놀아 보고 흔들 대로 흔들어 보세. 얼씨구 절씨구, 지화자 좋네."

뒤풀이

이리 한참 노닐 적에, 어사또는 춘향 보고 말하기를,

"지금은 임금님 명을 받들 일이 수두룩히 남아 있다. 내가 일을 다 받들고 서울로 올라간 뒤 너를 다시 부를 터이니, 너는 늙으신 어머니와 향단이를 데리고 그때 함께 올라오라."

그리하여 사또가 고을마다 다니시며 받드신 일 다 마치고 서울로 올라가니, 임금님이 크게 칭찬하것다.

"나라의 깊은 걱정을 어사또가 막았으니, 과연 충신이로다."

주위에서는 남원의 춘향 이야기를 임금님께 여쭈시니 춘향이를 올려다가 열녀로 표창하고, 남원 고을 백성에게는 해마다 실시하던 부역도 없애 주니 오래도록 행복하더라.

이때 춘향이 남원을 떠날 때 한편으로는 기쁘기도 하고 다른 편으로는 고향을 떠난다는 마음에 아쉽기도 하여 시를 한 수 지었다는디. 아래와 같더라.

놀고 자던 부용당아
너 부디 잘 있거라
광한루며 오작교며
영주각도 잘 있거라
봄풀은 해마다 푸르러지되
왕의 후예들은 다시 못 돌아온다는 옛 시가
나를 두고 이른 말이로다
다 각기 이별할 때
만세무량하옵소서
다시 볼 날 언제일꼬.

　들리는 말로는, 우리 어사또는 이조판서, 호조판서, 좌의정, 영의정 다 지내고 춘향과 사랑하여 아들 셋에 딸 둘을 낳고 검은 머리가 파뿌리 되도록 잘 살았다고 하더라. 그 자손들도 모두가 총명하여 그 부친보다 높은 벼슬하고 훌륭한 일을 많이 하였다고 한다. 더질더질.[13]

---

13) 더질더질 : 판소리를 끝맺을 때에 쓰이는 말. 그 뜻이 무엇인지 어떻게 생겨난 것인지는 알 수가 없다.

【 춘향전으로 여는 새로운 세상 】

'사랑'과 '그리움'의 시적 변용

―춘향에 관한 두 가지 시적 해석

글/곽봉재

1.

　과연 춘향은 목전에 죽음을 둔 상황에서 자신의 사랑이 이루어
질 것을 믿었을까? 그녀는 신분 상승이라는 자신의 욕망을 실현
시키기 위해 사랑을 도구화한 것은 아닐까? 아무리 단순하게 춘
향의 서사를 받아들인다 해도 춘향을 지고지순한 사랑의 화신이
거나 정절을 지키기 위해 은장도로 제 목을 찌르는 유교적인 조선
여인으로 이해하기는 힘들다. 그녀의 신분이 기생이라는 점이 양
반 가문의 정절의식을 기대하기 힘들게 할 뿐 아니라 그녀가 겪은
고난들은 개인이 미리 예측하고 더군다나 극복하기에는 버거운
것들이기 때문이다.

　사랑에 빠지는 남녀가 그들 앞에 놓인 고난과 의미를 안다면 과
연 누가 사랑에 빠질 수 있을까? 인과 관계를 따져 춘향의 서사를
파악하기보다 한치 앞도 내다볼 수 없는 개인의 운명과 그것을 헤
쳐 나가게 하는 무엇, 그리고 그 와중에서 겪는 갈등과 고뇌, 회한

등에 주목하면 더 많은 것을 느끼고 생각하게 하는 것이 춘향 서사가 지닌 매력이다.

　시인들은 춘향이라는 여인에게서 어떤 매력을 느낄까? 사랑하는 사람에 대한 그리움과 회한으로 가득 찬 '옥중가'를 들어본 사람들이라면 시인들이 시를 짓는 마음과 춘향의 그때 그 심정이 별반 다르지 않음을 쉽게 알아차릴 수 있을 것이다.

　　쑥대머리 귀신형용 적막옥방에 찬자리에
　　생각나는 것이 님뿐이라
　　보고지고 보고지고 한양낭군이 보고지고
　　오리정 정별 뒤로 일장서를 내가 못봤으니
　　여의신혼 금슬위지 나를 잃고 이러는가
　　부모봉양 글공부에 나를 잊고 이러는가 계궁항아
　　……
　　추월같이 번듯이 솟아서 비추고저

　죽음을 목전에 둔 춘향이 토로하는 님에 대한 그리움과 야속한 심정은 듣는 사람의 간장을 끊는다. 그러나 죽음 뒤에라도 님 곁에 머물고자 염원을 토로하는 대목에 이르면 청중은 그녀의 한 맺힌 사랑에 전율하고 만다. 죽음을 목전에 둔 여인이 자신을 구원해 줄 수 있는 유일한 것이 님에 대한 자신의 사랑을 스스로 배반하지 않는 길임을 달이 되어서라도 님 계신 곳에 가 닿겠다는 춘향의 간절한 염원 속에서 느낄 수 있기 때문이다. 그런 그녀에게 사랑의 실현이나 신분의 상승은 문제되지 않는다. 스스로 택한 죽음을 후회하지 않는 자신의 믿음을 잃지 않는 것. 그것이 춘향의 일편 단심이다.

2.

춘향의 이런 마음을 시로 담아낸 것으로 잘 알려진 시인이 미당 서정주와 박재삼이다. 서정주는 「귀촉도」 이후로 토속적이며 전통적인 소재와 정서를 표현한 것으로 유명하다. 박재삼은 그런 서정주의 추천으로 등단하여 작품 활동을 시작하였으니 두 시인 사이에 유사성을 가늠하기란 어려운 일이 아니다.

미당의 「추천사」는 입시 문제에 자주 등장한 탓에 대중에게 친숙해진 시이다.

향단아 그넷줄을 밀어라/머언 바다로/배를 내어 밀 듯이,/향단아//이 다수굿이 흔들리는 수양버들 나무와/벼갯모에 뇌이듯한 풀꽃뎀이로부터,/자잘한 나비새끼 꾀꼬리들로부터/아조 내어밀 듯이, 향단아//珊瑚도 섬도 없는 저 하늘로/나를 밀려 올려다오/채색한 구름같이 나를 밀려 오려다오/이 울렁이는 가슴을 밀어 오려다오!//西으로 가는 달같이는/나는 아무래도 갈수가 없다./바람이 파도를 밀어 올리듯이/그렇게 나를 밀어 올려다오/향단아

—「추천사」 전문

우리는 이 시를 춘향이 수양버들과 풀꽃더미, 나비와 꾀꼬리가 사는 땅, 현실을 떠나 하늘로 표현된 이상의 세계에 도달하고 싶어하지만 그네의 반복되는 운동처럼 이상과 현실 사이를 오갈 수밖에 없는 인간의 숙명을 표현했다고 배운다. 그러나 이 시에서 이처럼 형이상학적인 주제를 찾아내려 하기보다 조금 단순하게

생각할 때, 시인은 그네를 지쳐 허공에 떠올랐을 때 느끼는 '울렁이는 가슴'이 만날 수 없는 사랑하는 사람을 생각할 때의 저런 가슴의 느낌과 묘하게 비슷하다는 데 착안하지는 않았을까 하는 생각을 하게 된다.

춘향의 서사를 알고 있는 독자는 자신도 모르게 선지식을 이 시에 대입하게 마련이다. 따라서 춘향이 가고자 하는 곳이 세상의 속박으로부터 자유로운 곳, 신분의 차별이 없거나 남녀의 유별이 없는 세계에 대한 지향을 드러내고 있다고 받아들인다. 현실을 떠난 이상을 지녔음에도 그것에 절망할 수밖에 없는 것을 인간의 숙명이라고 한다면, 우리가 학교에서 배운 이 시의 주제는 틀리지 않는다. 그러나 '달처럼은 갈 수 없다'는 진술처럼 상승과 하강의 무한 반복에 지나지 않는 것이 인간의 삶이라면 너무 허망할 뿐 아니라 우리의 염원이 그것을 받아들일 수 없게 만든다.

춘향을 해석하는 미당의 관점은 그녀의 사랑에 초점을 두고 있지만 과거의 아름다운 추억을 되짚는 수준을 넘어서지 못한 것 같은 느낌을 준다.

신령님……//처음 내 마음은/수천만마리/노고지리 우는 날의 아지랑이 같었읍니다//번쩍이는 비눌을 단 고기들이 헤염치는/초록의 강 물결/어우러저 날르는 애기 구름 같었읍니다//신령님…….//그러나 그의 모습으로 어느날 당신이 내게 오셨을때/나는 미친 회오리 바람이 되었읍니다/쏟아져 네리는 벼랑의 폭포/쏟아져 네리는 쏘내기비가 되었읍니다//그러나 신령님…….//바닷물이 적은 여울을 마시듯이/당신은 다시 그를 데려가고/그 휘-ㄴ한 내 마음에/마지막 타는 저녁 노을을 두셨읍

니다./그러고는 또 기인 밤을 두셨읍니다//신령님…… .//그리
하여 또 한번 내 위에 밝은 날/이제/산ㅅ골에 피어나는 도라지
꽃같은/내마음의 빛깔은 당신의 사랑입니다

―「다시 밝은 날에」 전문

여기서 말하는 당신의 사랑은 누구일까? 거듭 되풀이해서 부르
는 신령님일까, 아니면 우리가 너무도 잘 아는 춘향의 사랑 몽룡
일까? '미친 회오리 바람'이나 '소나기 비'처럼 격렬한 사랑의 감
정에 빠졌던 것은 춘향과 몽룡이 마찬가지였을 것이다. 그런데 몽
룡은 여울물처럼 자신을 끌어안는 바다로 멀어져 갔다. 바다가 몽
룡의 전체라면 내리는 비나 폭포, 여울은 바다의 한 부분에 지나
지 않는다. 그렇게 읽어 보면 이 시는 춘향의 사랑이 바다라는 몽
룡의 전체 또는 본질과 닿아 있는 것이 아니라 부분이나 현상과
맺어진 데 지나지 않았다는 해석을 낳게 한다. 미당은 춘향을 통
해 갈라져 서로에게 이르지 못 하는 삶을 드러내고 있다.

그렇다 하더라도 '기인 밤'으로 표현된 이별 뒤의 고통에도 도
라지꽃 같은 마음이 남아 있다고 본 것은 어떤 시련에 부딪힐지라
도 정조를 지키며 일부 종사해야 했던, 그래서 마음까지 그 이념
에 맞추며 살아야 했던 조선시대 여인의 지고지순을 벗어나지 못
한다. 다음 시도 그 점에서는 마찬가지이다.

안녕히 계세요/도련님//지난 오월 단오ㅅ날, 처음 맞나든날/
우리 둘이서 그늘밑에 서있든/그 무성하고 푸르든 나무같이/늘
안녕히 안녕히 계세요//저승이 어딘지는 똑똑히 모르지만/춘향
의 사랑보단 오히려 더 먼/딴 나라는 아마 아닐것입니다//천길

땅밑을 검은 물로 흐르거나/도솔천의 하늘을 구름으로 날드래
도/그건 결국 도련님 곁 아니예요?//더구나 그 구름이 쏘내기되
야 퍼부을때/춘향은 틀림없이 거기 있을거예요!

—「춘향유문」 전문

춘향의 사랑을 노래한 미당의 시는 아름답다. 죽음을 목전에 두
고서도 꺽이지 않는 그녀의 사랑이 미당 시의 바탕을 이루고 있는
탓이다. 이승에서 이루지 못할 사랑을 저승에 기탁하는 춘향의 마
음속 처절함이 미당의 시 속으로 스며들었음을 느낄 수 있기 때문
이다.

3.

서정주가 지고지순한 조선의 여인을 상정하고 춘향의 사랑을
해석하고 있다면 박재삼은 삶과 죽음이라는 의미심장함 속으로
이 문제를 끌어들인다.

집을 치면, 정화수 잔잔한 위에 아침마다 새로 생기는 물방울
의 선선한 우물 집이었을레. 또한 윤이 나는 마루의, 그 끝에 평
상의, 갈앉은 뜨락의, 물냄새 창창한 그런 집이었을레. 서방님
은 바람갈단들 어느 때고 바람은 여려올 따름, 그 옆에 순순한
스러지는 물방울의 찬란한 춘향이 마음이 아니었을레.

하루에 몇 번쯤 푸른 산 언덕들을 눈 아래 보았을까나. 그러면

그때마다 일렁여오는 푸른 그리움에 어울려, 흐느껴 물살짓는
어깨가 얼마쯤 하였을까나. 진실로, 우리가 받들 산신령은 그
어디 있을까마는, 산과 언덕들의 만리 같은 물살을 굽어보는,
춘향은 바람에 어울린 수정빛 임자가 아니었을까나.

ㅡ「수정가」 전문

「수정가」는 미당의 「다시 밝은 날에」에 대한 답시(答詩)처럼 여
겨진다. 2연의 후반부에 나오는 '산신령'은 미당의 시에 표현된
'그의 모습'으로 나타난 '산신령'과 다르지 않다. 「다시 밝은 날
에」에서 여울처럼 바다로 가버린 님은 이 시에서 바람처럼 머물지
않는 존재로 표현된다. 그러나 미당이 몽룡이라는 삶의 전체에서
춘향과의 사랑은 한 부분에 지나지 않았다는 해석을 가능하도록
했다면, 박재삼은 몽룡의 존재를 춘향에게 주어진 삶의 고난으로
해석하여 춘향의 고통스러운 내면에 초점을 집중시킨다. 바람의
옆에서 스러져 가는 물방울의 찬란함이라든지, 바람에 어울린 수
정빛 임자였다든지 하는 것은 모두 일시적이며 허망하기까지 한
삶의 속성, 그 속에서 빛나는 고통을 드러낸다.

어지간히 구성진 노래 끝에도 눈물나지 않던 것이 문득 머언
들판을 서성이는 구름 그림자에 눈물져 올 줄이야.//사람들아
사람들아,/우리 마음 그림자는, 드디어 마음에도 등을 넘어 내
려오는 눈물이 아니란 말가.//ㅡㅡ문득 이도령이 돌아오자, 참 가
당찮은 세월을 밀어버리어, 천지에 넘치는 바람의 화안한 그림
자를 춘향은 눈물 속에 아로새겨 보았을 줄이야.

ㅡ「바람 그림자를」 전문

가당찮은 세월을 밀어 버리고 흘리는 춘향의 눈물은 마음의 등을 타고 흘러내린다. 모진 세월은 의지와 신념으로 견딜 수 있지만 그래서 어지간한 구성진 노래에도 눈물 흘리지 않지만 그 모든 고난의 시작이자 근원인 사랑의 출현은 굳게 닫힌 마음의 벽을 허물어뜨리고야 만다. 사랑의 회복을 통해 그것을 얻고자 가당찮은 세상을 견뎌야 했던 한 여인의 내면을 엿볼 수 있는 것이다.

우리 마음을 비추는/한낮은 뒷숲에서 매미가 우네.//그 소리도 가지가지의 매미 울음./머언 어린날은 구름을 보아 마음대로 꽃이 되기도 하고 잎이 되기도 하고 친한 이웃아이 얼굴이 되기도 하던 것을.//오늘은 귀를 뜨고 마음을 뜨고, 아, 임의 말소리, 미더운 발소리, 또는 대님 푸는 소리로까지 어여삐 기뻐 그려낼 수 있는/명명한 명명한 매미가 우네

―「매미 울음에」 전문

한여름 무더위를 피해 그늘에 누운 우리 귀에 들려오던 매미 울음소리, 선잠 속에서까지 들리는 그 소리가 마치 님의 말소리로 기적으로 춘향에게 여겨지는 것은 듣는 사람의 마음이 향한 곳을 짐작하게 하고 또 그 마음이 얼마나 간절한 것인가를 느낄 수 있도록 한다. 기억 속에 남아 있는 사랑의 흔적은 매미 소리에 힘입어 돌이키는 정도에 그치지 않는다.

목이 휘인 채 꽃진 꽃대같이 조용히 춘향이는 잠이 들었다. 칼 위에는 눈물방울이 어룽져 꽃이파리의 겹쳐진 그것으로 보였

다. 그렇다 그것은 달밤일수록 영롱한 것이 오히려 아픈, 꽃이 파리, 꽃이파리들이 되어 떨고 있었다./참말이다. 춘향이 일편 단심을 생각해 보아라. 원이라면, 꿈속엔 훌륭한 꽃동산이 온전 히 제것이 되었을 것이다. 그리고, 그것을 가꾸는 슬기 다음에 는 마치 저 하늘의 달에나 비길 것인가, 한결같이 그 둘레를 거 닐어 제자리 돌아오는 일이나 맘대로 하였을 것이다. 아니라 면, 그 많은 새벽마다를 사람치고 그렇게 같은 때를 잠깨일 수 는 도무지 없는 일이란 말이다.

—「화상보(華想譜)」 전문

쑥대처럼 머리를 풀어헤치고 귀신 같은 모습으로 칼을 차고 앉 아 있는 옥중 춘향의 모습은 꽃이 진 뒤의 말라 가는 꽃대에 비유 된다. 이제 아름답기가 꽃 같던 춘향의 자태는 반짝이는 눈물 속 에서야 볼 수 있을 뿐이다. 그러나 새벽마다 잠 못 이루고 홀로 깨 어 눈물짓는 일, 그 사무치는 마음이 꿈속에 간직하고픈 꽃동산 의 아름다움, 사랑을 지키고 가꾸려는 아름다운 제 마음임을 시인 은 갸륵하게 굽어보고 있다.

일편 단심을 일부 종사하는 유교적 신념이거나 그것에 희생당 한 시대의 여인으로 파악하지 않고 사랑하는 마음을 지키고 그것 을 제 삶의 힘으로 만들려는 한 인간의 혼신의 노력으로 보고 있 다는 점에서 분명 박재삼은 미당과 다르다. 산발을 한 추한 몰골 로 죽음을 앞 둔 여인에게 남은 것은 그것을 자신의 운명으로 삼 게 한 마음이다.

저저히 할 말을 뇌일락하면 오히려 사무침이 무너져 한정없이 멍멍한 거라요. 문득 때까치가 울어오거나 눈은 이미 장다리꽃 밭에 흘려 있거나 한 거라요. 비오는 날도, 구성진 생각을 앞질러 구성지게 울고 있는 빗소리라요. 어쩔 수 어쩔 수 없는 거라요. 우리의 할 말은 우리의 살과 마음 밖에서 기쁘다면 우리보다도 기쁘게 슬프다면 우리보다도 슬프게 확실히 쟁쟁쟁 아리랑이 되어 있는 거라요. 참, 그때, 아무도 없는 단오의 그네 위에서 아뜩하였더니, 절로는 옷고름이 풀리어, 사람에게 아니라도 부끄럽던 거라요. 또는 변학도에게 퍼부을 말도 그때의 장독 진 아픔의 살이, 쓰린 소리를 빼랑빼랑 내고 있던 거라요. 허구헌 날 서방님 뜻 높을진저 바라면, 맑은 정신 속을 구름이 흐르고 있었고, 웃녘에 돌림병이 퍼져 서방님 살아 계시기를 빌었을 때에도 웃마을의 복사꽃이 웃으면서 뜻을 받아 말하고 있던 거라요. 그러니 우리가 만나 옛말 하고 오손도손 살 일이란 것도, 조촐한 비개인 하늘 밑에서 서로의 눈이 무지개선 서러운 산등성 같은 우리의 마음일 따름이라요.

—「무봉천지」 전문

님을 근심하고 사랑하는 마음이 있으므로 세상이 아름다울 수 있는 것과 같이 지금 겪는 이별과 고난 속에서 지켜 나가려는 마음은 자신의 앞날에 대한 염원이 있을 때에야 빛날 수 있다. 사랑이라는 마음을 따라가려 할 때, 그 마음을 배신하지 않을 수 있는 의지와 신념은 고통을 겪게 마련이다. 시련과 고통은 아름다운 사랑을 처절하게도 만들지만 설움 속에서 녹아 자신이 가꾸려는 사랑과 세상을 하나로 스미어 완성시켜 줄 힘이자 생명이다. 박재삼은 시련에 직면한 사랑을 춘향과 몽룡의 개인적인 사랑에 한정시키지 않는다. 오히려 춘향의 사랑을 통해 고통을 다스려 제 삶으로 육화해내는 인간의 거룩한 모습을 성찰하고 있는 것이다.

형틀에 매여 원통하던 일을 이승에서야 다 풀고 갔으련만/저승에 가 비로소 못 잊겠던가/춘향이 마음은 조롱조롱 살아 다시 열렸네.//저것은 가냘피 아파 우는 소리였던 것을, /저것은, 여럿이 구슬 맺힌 눈물이던 것을,/못 견딜 만큼으로 휘드리었네.//우리의 무릎을 고쳐, 무릎 고쳐 뼈마치는 소리에 우리의 귀는 스스로 놀라고,/절로는 신물이 나, 신물나는 입맛에 가슴 떨리어,/다만 우리는 혹시 형리의 손아픈 후예일라……

—「포도」부분

이 도령과의 해후가 춘향이 겪은 모든 고뇌와 삶의 고통을 상쇄할 수 있을까? 때로 우리는 자신이 선택한 길을 가면서 겪게 되는 고통을 감수하고 극복하는 가운데 비로소 성취감을 맛볼 수 있다고 믿는다. 그러나 결과가 행복하다고 해서 과정에서 겪는 고통과 불행이 사라질 수 있을까? 그런 생각은 결과주의에 익숙한 우리의 습관적인 사고 때문 아닐까? 시인은 현실에서 자신이 겪는 반복되는 삶의 고통 속에서 춘향이 겪은 고통을 생각한다. 춘향이 이승에서 풀지 못한 것이 있다고 여기는 것은 다른 의미로 자신이 겪는 고통이 현실에서 다 풀리지 않으리라는 생각과 닿아 있다. 해소되지 않는 삶의 고통이 지속될 때, 그 고통에 속박되지 않으려면 고통을 싸안는 방식을 찾아야 한다.

4.

춘향의 서사를 접하며 사람들은 춘향의 일편 단심에 감동한다. 그것이 비록 조선조 여인네의 유교적 관념에 그칠지라도, 관습의 틀을 깨려는 천민 계급의 악착 같은 몸부림으로 읽힐지라도 춘향은 인간적인 삶의 모습을 고스란히 보여주는 인물임에 틀림없다. 기생의 신분으로 기껏해야 첩살이에 불과할 자신의 운명을 거부하고 온전한 사랑을 하려 했다는 점에서 그녀는 시대를 초월한다. 그러나 그 점보다는 자신이 사는 시대의 사랑 방식에 얽매이지 않고, 그 숱한 고통에도 불구하고 사랑의 본질에 가 닿으려 한 삶의 자세가 시인들로 하여금 춘향을 조명하게 하는 것이며 역으로 춘향을 통해 자신의 정서를 펼치려는 의도를 품게 했다고 말할 수 있을 것이다.

춘향의 일편 단심은 한치 앞도 내다볼 수 없는 상황에서까지 자신의 사랑을 배반하지 않는 정신 그 자체이며, 그 사랑을 훼손시키려는 온갖 기도들, 천민의 신분이나 변학도의 수청 요구나 소식 한 장 없는 님에 대해 느끼게 마련인 배신감이나 하는 것들로부터 자신의 사랑 방식을 지켜 온 한결같은 마음과 정신이다. 그런 점에서 춘향의 정절은 선비들의 지조와 자연스럽게 이어져 있다. 그럼에도 불구하고 그녀의 사랑이, 그녀의 존재가 오늘날에도 매력적으로 여겨지는 것은 사랑과 그로 인한 고통을 더 큰 사랑으로 감싸 안으려는 개인의 눈물겨운 삶을 춘향이 보여주고 있기 때문일 것이다.

북한 『춘향전』과 만남

글/노귀남

1.

조선 사람이면 누구나 즐겼던 『춘향전』에도 분단 역사의 휴전선
이 생겼을까. 이팔이팔 춘향이와 이 도령의 사랑 이야기까지 삼팔
선처럼 갈라 놓았다고 하면, 좀 의아해 할 사람이 많을 것이다. 한
민족이 공유해 왔던 문학 예술이 분단 이후, 남북이 달라졌다면
어떻게 다르며, 왜 그런지. 남북이 서로, '어, 춘향이 이야기가 왜
저래, 재미없어.' 이런 반응이 나온다면, 과연 우리에게 통일은 가
능한 일인지. 이런 문제도 우리가 진지하게, 또는 호기심도 좀 가
지고 살펴본다면, 남북이 다시 함께 즐길 수 있는 진짜 '민족의
『춘향전』'을 얻을 수 있지 않을까.

산천도 옛과 같지 않고, 다시 만나볼 사람도 세상을 떠났고, 같
이할 이야기도 없다면, 민족과 통일의 거창한 역사를 아무리 들먹
여도 실제로 재미있을 일은 아무것도 없을 게다. 원산에 살다 월
남했던 한 할아버지가 관광객으로 다시 금강산을 밟아 보고 분개

하여 따졌다. 어릴 때 어머니 손을 잡고 구경을 갔을 때는 숲이 울창하고 새 소리며 온갖 짐승들을 보았는데, 그 어느 것도 즐길 수 없게 된 지금의 금강산은 금강산이 아니라고, 그렇게 망쳐 먹은 북한을 두고 분노를 터뜨린 것이었다. 게다가 만일 그 할아버지가 소위 말해 계급사상으로 탈바꿈한 '민족가극 『춘향전』'까지 보았더라면 또 얼마나 쓴 얼굴을 하고 펄펄 뛰었을까. 남한의 인심은 예전과 다르고 산천도 망가지고 변했는데, 북한은 변치 않고 그대로 있을라구?

그럼에도, 우리가 생각하기에 변치 않는 춘향이 사랑을 보자.

판소리 『춘향가』 또는 소설 『춘향전』은 무엇보다 그 소리맛과 해학적 카타르시스를 즐길 수 있는 데서 더욱 대중적 인기를 누리고 있다. 우리가 그것을 보고 즐기게 되는 까닭은, 방자, 월매, 변학도 등 개성적 인물에다, 감칠맛 나는 춘향이 이 도령의 '사랑가'에 녹아들고, 애간장을 끊어내는 이별가에 함께 젖고, 형틀에 묶여 매를 맞으면서 부르는 '십장가'는 오히려 통쾌할 뿐 아니라, 귀곡성이 으스스 흐르는 '옥중가'는 또 다른 맛을 주는 등등 때문이다. 도저히 이룰 수 없는 사랑을 소재로 한 것부터 이야깃거리를 만든 셈인데, 그리하여 한바탕 희, 비, 애, 락이 벌어지게 됨으로써, 만사 형통, 소원 성취로 끝이 난다. 우연한 만남—생이별—시련—재회의 줄기가 흥미진진하게 잘 짜여 있기에, 춘향과 이 도령의 만남은 '감히' 엄두도 못 낼 금기된 사랑이었지만, 비온 뒤에 땅이 다져지듯 온갖 시련 끝에 모두가 축복하는 필연적 사랑으로 맺어지는 반전이 '당연하게' 여겨진다.

『춘향전』은 양반과 천민 사이의 높은 신분벽을 뛰어넘어 봉건윤리 질서를 뒤엎는 사랑을, 무리도 없고 저항도 없게 성공시켰

다. 그렇게 반전하는 주제로 보면, 신분 질서를 완전히 깨어 버리는, 시대에 대한 반항과 도전이 되는데, 왜 시대를 불문하고 남녀노소의 사랑을 받는 것일까. 『로미오와 줄리엣』을 비교한다면 또 얼마나 진보적인가. 반전하는 주제를 무마시키는 또 다른 주제를 보면, 나라에 충성하고 일편 단심으로 가군(남편)을 섬기는 수절의 미덕을 한껏 찬양하는 봉건 윤리가 어떤 경우에도 지지 않고 뚜렷하게 살아 있다. 어쩌면, 『춘향전』은 그런 모순된 주제를 함께 꼬아 깔고 있기 때문에 더 인기를 누리는 것은 아닐까. 상극을 상생시키는 묘리를 터득한 이야기라고 할까.

　『춘향전』 속에 내포하고 있는 그와 같은 주제의 모순을 북한에서는 그냥 넘기지 않았다.

대전 EXPO 초청공연 창무극 『춘향전』(93.11. 3).

2.

북한에서 1955년 대학 교재용으로 나온 『조선문학강독(2)』를 보면, 소설 『춘향전』이 창극화의 과정을 밟게 된 19세기 초엽의 것인 전주 토판 『렬녀 춘향 수절가』를 원본으로 해서, 그 내용을 수정하지 않고 춘향과 이 도령의 생이별 장면을 소개했다. 『렬녀 춘향 수절가』는 소설 『춘향전』을 창극조로 윤색한 것인데,[1] 『춘향전』 가운데 가장 고전적 가치가 풍부하여 원본으로 삼았다고 적고 있다. 그 해설에 따르면, 『춘향전』이 전래의 설화를 기초로 한 작품이면서, 다른 구비 전설을 소설화한 『심청전』, 『흥부전』 등과 명백하게 달리 창작적인 수법을 쓰고 있고, 작품 구성과 인물 형상 등에 있어서 전기적(傳奇的) 성격을 벗어나서 산 현실에 토대를 두어 '사실주의적 작품'으로 특징화했다고 평가했다. 다시 말해, 사실주의적 수법에 의하여 조선의 봉건 사회 말기의 사회적 역사적 과정을 정당하게 반영하고, 중세기적 소설 일반이 가지고 있는 환상적 기적적 요소를 거의 찾아볼 수 없으며, 그 점에서 근대로 향한 관문을 두드리는 위치에 있는 작품이란 것이다.[2]

1956년 정학모와 윤세평이 전주 토판 『렬녀 춘향 수절가(춘향전)』를 원본으로 삼고, 그것을 주해하여 『춘향전』(평양:국립출판사)을 재간했다. 이것은 원본의 고어와 전라도 방언을 살려 두었는데, "원본은 주로 고어와 전라도 방언에 의존하고 있다. 따라서 이를 현대어와 표준어로 고치게 되면 원본의 시대성과 향토성이 거의 없어지겠으므로 극히 부분적인 것을 제외하고는 그대로 원본을 답습하였다"고 했다. 김일성이 「조선어의 민족적특성을 옳게 살려나갈데 대하여」(1966. 5. 14)에서 '표준어'를 '문화어'로 바꾸

는 것이 좋겠다고 했던 것을 상기한다면, 그 재간본 『춘향전』은 주체사상에 의한 본격적인 북한식 사회주의 영향을 받지 않아도 좋은 때 이야기이니, 판소리의 맛을 변함없이 즐길 수 있었다고 본다.[3]

그런데 1985년 발행한 『조선고대중세문학작품해설』에는 『춘향전』의 평가가 많이 달라져 있다. 김일성의 교시가 『춘향전』 평가의 전환점이 된 것으로 보이는데, "『춘향전』에 대하여 말한다면 이 작품은 봉건사회에서 량반과 상민 사이의 신분적 불평등을 비판하고 남녀청년들이 재산과 신분의 차이에 관계없이 서로 사랑할 수 있고 같이 살 수 있다는 것을 보여준 것만큼 그 당시에는 물론 진보적인 것"(『김일성저작집』 26권, 561~562쪽)이라는 데서 봉건적 신분 관계에 대한 모순을 특히 강조하고 철저히 인민의 입장, 인민의 생활에서 세계를 평가하고 있음을 엿보게 한다.

그와 같은 세계관의 반영에 따른 『춘향전』의 재평가에 그치지 않고, 북한식 『춘향전』으로 새롭게 재창작되는 것은 1988년 여름 김정일의 지도가 계기가 되었다. 김정일은 『춘향전』이 순수 사랑 문제만 보여주는 것이 아니라, 봉건적 신분제도의 반동성을 보여주며 기본핵을 빈부 귀천에 관한 문제에 두어야 한다고 했다. 이에 따라 등장인물들이 새롭게 창조된다. 이전 작품에서 비천한 인물인 월매의 성격이 괴벽하고 드살이 센 여성으로, 방자는 어릿광대 비슷하고 술이나 마시기를 즐기는 방탕한 인물로, 향단은 한갓 몸종으로만 형상했던 것에 반해, 민족가극 『춘향전』은 그런 부정적인 인상을 모두 지워 버렸던 것이다. 월매는 빈부 귀천을 저주하는 순박한 보통 어머니로서 유순한 노래를 부르게 하여 관중의 사랑을 받게 형상화하였다. 방자와 향단은 다같이 계급 사회에서 천대

받는 인물로서 봉건 사회를 저주하는 진실한 인간으로 만들었다.

"민족가극『춘향전』은 우리식 민족가극 발전의 새 시원을 열어 놓은 본보기"[4]가 되었다. 말하자면 고티를 벗고 시대의 요구와 미감에 맞게 고전을 계승 발전시키는 문제를 해결했다는 것이다. 여기서는『춘향전』의 판소리 맛을 거의 찾을 수 없고, 절가[5], 방창[6] 등 전혀 새로운 노래 형식을 도입하고, 우아하고 유순한 선율을 취하였다. 이 점은 북한에서 판소리에 대해 "비과학적인 훈련방법에 의하여 판소리가 창에서 점차 탁성—쌕소리가 생기게 된 것은 이 음악의 그후 발전에 부정적 영향을 주었다"[7]고 평가한 것과 관련한 결과일 것이다.

『춘향전』의 이와 같은 변모는 1991년 조령출에 의해 윤색한『춘향전』으로 이어졌다. 윤색본『춘향전』[8]은 기본적으로『렬녀 춘향 수절가』에 기초하면서 성격 형상과 사건 전개에서 생활의 논리와 현대 독자들의 미감에 맞게 더욱 다듬어지고 예술적 재창조가 이뤄졌다고 한다. 김하명은 이에 대해, 우수한 민족 고전을 인민 대중의 향유물로 되게 하는 당적 요구를 실현했을 뿐 아니라,『춘향전』의 여러 이본들에서 이룩한 사상예술적 성과를 집대성했다고 평가했다. 말하자면 고전소설『춘향전』을 북한식 사회주의 문학으로 다시 꾸민 것이다. 여기에 보면, 김정일이 특히 관심을 갖고 지적했던 바대로 월매의 드센 모습은 순화되어 등장한다. 즉, 용모가 아름답고 가무에 재주가 있었던 순박한 여인으로, 외동딸 춘향이 대견스럽고 자랑스러운 처녀로 자란 모습은 자기의 처녀 시절을 보는 듯하다고 묘사했다.

뿐만 아니라 방자나 향단은 긍정적 인민의 모습으로 더 강조되었다. 변학도는 악질 관료의 성격적 특질을 체현한 전형으로서 그

부정적 성격을 더욱 부각시켰다. 그를 농민들과 적대적 관계로 보여주는 '농부가' 대목은 기존 『춘향전』과는 사뭇 다르다. 고본이 태평 성대의 풍년을 노래한 것에 비해, 윤색본은 "어느놈은 팔자 좋아/고대광실에 살건마는/우리 농군 다 뜯기고/한지바닥에 나앉게 됐구나/어여로 상사디요//우리 남원 사판일세/사판이란 무엇인가/사또님은 란장판이요/좌수님은 지랄판이요/류방관속은 먹을판이니/우리네 백성은 죽을판 났구나/어여로 상사디요" 이렇듯 '농부가'를 부른다. 즉, 이 도령이 과거 급제하여 암행어사로 내려오면서 '농부가'를 듣는 대목은 단지 춘향의 소식만 알게 되는 것이 아니라, 이 어사가 농민들의 실상에 가깝게 다가가도록 더욱 사실적으로 그려냈다.

이와 같은 『춘향전』의 변화는, 단순히 춘향과 이몽룡의 사랑을 얘기했다거나, 춘향의 수절에서 표현된 여성 정절의 모범이라는 것에 주제를 국한시키지 않았다는 데서 찾아냈다. 주체사상을 사랑에 초점을 두어 버리면 『춘향전』이 가지는 교양적 의의를 감소시키고, 또 그것을 여러 가지 예술 형태로 옮기는 데서 창작 방향을 바로잡을 수 없게 한다는 것이다. 작품의 종자(핵)를 빈부 귀천에 대한 봉건적 신분제도의 반동성에서 찾음으로써, '꽃에도 귀천이 있는가'라는 차원에서 춘향과 이 도령의 사랑을 말하고, 인민적 계급적 관점에서 인물 형상을 새롭게 하였다.

그런 관점은 북한 『춘향전』의 새로운 전형인 셈인데, 1996년 조선예술영화촬영소에서 백인준, 김승규가 각색하여 만든 『춘향전』에도 마찬가지로 그려진다. 양반에 대한 월매의 도도한 비판의식의 표출, 방자와 이 도령 사이의 엄격한 신분 관계를 무시하는 연출, 비참한 농민의 모습과 가렴 주구 장면의 삽입 등등은 춘향의

지조 높은 사랑을 더욱 인민적 의미로 해석하고 교양하고 있음을
보여준다.

3.

북한의 『춘향전』은 남녀간의 참다운 사랑마저 갈라 놓는 봉건적
신분 관계가 얼마나 불합리한가 하는 것을 기본 문제로 설정하고,
춘향과 이 도령의 곡절 많은 운명을 통하여 봉건적 신분 관계는
반드시 타파되어야 한다는 사상을 보여주었다. 이는 봉건 통치 계
급을 반대하는 인민들의 원한의 감정과 반항의 기분을 반영한 것
이다. 또한, 춘향이 신분적 차이에만 불만을 가지는 것이 아니라
나중에는 봉건적인 사회악에 반항하여 나섰다는, 변학도와 대결
하는 의미를 부각시킨 것은 『춘향전』에 대한 사회주의 사실주의
적 해석이 강조되었음을 알 수 있게 한다. 이런 점에서 『춘향전』
을 사회주의적 전형으로 재창조했던 것을 위에서 살펴보았다.
그런데 그런 관점과는 다르게, 아름답고 도덕성이 높으며 의지
가 굳은 조선 여성의 미덕을 보여주는 춘향의 모습에 초점을 두
면, 변학도와의 대결은 단연 지조 문제가 중심이 된다. 이처럼 수
절과 충성을 말하는 삼강 오륜적 주제를 양반과 천민 사이의 사랑
을 통해 보여줌에도 불구하고, 금기를 깨는 그런 모순이 별로 문
제될 것 없이, 시대 불문하고 누구나 『춘향전』을 즐긴 까닭은 무
엇일까. 그 점을 앞에서 '상극을 상생시키는 묘리'라고만 잠시 언
급했다. 이 해명은 간단치 않은 문제이지만, '판소리계 소설'이라
는 힘에 실린, 내용과 형식이 일치하는 데서 온다고 말할 수 있다.

북한의 『춘향전』이 주체사상의 노선에 따라
인민적, 계급적 관점에서 재창조된 반면 남
한의 『춘향전』은 여러 예술 장르로 자유롭
고 다양하게 제작·공연되고 있다.
뮤지컬로 각색된 마당놀이 『춘향전』(1999)
의 포스터(왼쪽)와 현대적 시각에서 각색·
공연된 연극 『변학도는 왜 향단에게 삐삐를
쳤을까』의 공연 모습들(위쪽).

이야기(내용)가 소리판(형식)의 재미에 녹아들어 세계의 모순을
풍자하되 해학적으로 통합해내는 힘을 가지는 때문일 것이다.

　『춘향전』이 가진 전통의 미학을 그렇게 볼 때, 북한의 『춘향전』
과 다시 만나는 길은 먼 것일까. 북한이 새롭게 만든 『춘향전』은
주체사상의 기본핵을 달리 할 뿐만 아니라, 소리판의 형식에서 얻
는 풍자적 해학의 맛도 사라졌다. 즉, 내용과 형식이 모두 달라졌
는데 어떻게 다시 만날 수 있을까.

　상극을 상생시키는 묘리는 내재한 모순을 북한에서처럼 고치고
바꾸어 놓음으로써 이뤄지는 일이 아니었다. 주제의 모순성과 이
중성을 안고 있는 채로 그냥 뛰어넘었다. 그러면서도 『춘향전』은
고정되어 있지 않았다. 시대에 따라 판에 따라 무수한 이본을 만
들면서 끊임없이 인물 성격을 가감시킴으로써, 늘 생생하게 살아

있을 수 있는 힘을 가졌던 것이다. 이 점이 전통 미학의 가장 독특한 강점이라고 본다.

우리가 북한 『춘향전』을 만나는 일도, 이데올로기의 차별성을 강조하여 '어, 정말 이상하고 재미없네'라고 할 것이 아니라, 모순을 끌어안고도 뛰어넘을 수 있는 그와 같은 판 속에 다시 넣어야 하지 아닐까. 아마 이런 일이 무엇보다 너그러운 인정이고 화해의 사상일 것이다.

---

1) 남한 학계에서는 판소리와 소설의 선후 관계에서, 판소리가 먼저 생긴 다음 소설로 정착되었다고 본다. 즉, 『춘향전』은 『춘향가』에서 나온 '판소리계 소설'이다. 이를 북한에서는 인민 설화에 바탕을 둔 소설로 이해한다. 그것은 사회주의 문학 미학에 따른 '인민성'의 원칙이 반영되어, 문학사에서 구전문학을 중요시한 측면을 말해 준다.

2) 『조선문학강독(2)』보다 약간 뒤에 간행한 교원대학용 교재 『국문강독(2)』에서도 같은 원본을 썼고, 『춘향전』이 "조선 고전문학 유산 중에서 가장 빛나는 사실주의 작품의 하나"이고, "단순한 륜리 도덕문제를 취급한 것이 아니라 실로 봉건 말기 조선 사회의 근본 모순을 사실주의적으로 반영하였으며, 이 시기 각 계층 대표들의 다양한 성격을 창조함으로써 후세 문학의 모범으로 된다"는 해제를 붙였다. 본문에는 이 도령과 춘향이 처음 만나 사랑이 시작되는 대목을 실었다.

3) 북한의 주체사상 확립 이후에도 이 재간본은 『춘향전』 연구에서 계속 중요시되었다.

4) 남영일, 『민족음악의 계승발전』 주체음악 총서 제10권, 평양:문예출판사, 1991, pp.136~141.

5) 서구 가극에서 아리아와 대화창을 인민성에 맞게 개선한 것으로, 가사가 여러 개의 절로 나눠 있고, 하나의 완결된 곡이 반복되면서 가사의 매개 절과 결합되는 노래 형식.

6) 일종의 배경 노래로서, 인물들의 내면 세계와 생활을 자연스럽게 보여주는 방창은 극 진행과 감정 조직을 맞물리도록 하는 역할을 한다. 여성방창 남성방창이 있다.

7) 김하명, 조선문학사 5―18세기 문학, 평양:과학백과사전종합출판사, 1994, pp.17~18.

8) 조령출 윤색 및 주해, 『춘향전』 조선고전문학선집 41, 평양:문예출판사, 1991.

영화 『춘향전』으로 『춘향전』 읽기

글/문영희

1. 간략한 『춘향전』 영화사

1955년 서울. 국도극장이 있는 을지로 4가 인도에는 연일 수많
은 인파들의 대열로 북새통을 이루고 있었다. 영화 감독 이규환이
메가폰을 잡고 조미령과 이민이 주연을 맡은 『춘향전』을 관람하
기 위한 사람들이었다. 영화를 관람한 사람들은 온통 눈물 자국으
로 얼룩진 퉁퉁 부은 얼굴로, '어, 영화 참 잘 됐다'라면서 극장문
을 빠져 나오고 있었다. 당시 서울 인구는 약 120만 명. 서울 시민
가운데 11만 명이 『춘향전』을 관람했고 전국적으로는 20만 명이
관람했다 하니 1950년대 대중들의 『춘향전』에 대한 관심이 어느
정도였는지 짐작할 수 있다.

　당시의 영화 포스터에는 "民族的인 情緖와 詩情을 惶惚하게 描
寫한 一大 浪漫篇"[1]이라는 선전 아래 조미령이 도령복을 입은 남
자 배우 이민의 품에 다소곳이 안겨 있는 모습의 사진이 찍혀 있
다. 포스터 속에 "文敎部 認定 學生入場歡迎"이라는 글자가 찍혀

있는 점으로 미루어 에로틱한 장면보다는 당시 사람들의 누선을
자극하는 비극적 장면 연출에 신경을 썼음을 알 수 있다. 같은 신
문의 1월 18일자 하단에 실린 영화평을 보면, "甚大한 努力 傾注
의 作品"이라는 제목 아래 연출기법이 뛰어나다고 평가하고 있다.

당시의 시민들이 왜 『춘향전』 영화에 그토록 열광했을까? 한 할
머니의 구술²⁾에 따르면, 시골의 할머니들은 도시락을 싸들고 극
장으로 가 1회부터 마지막 상영까지 빠짐없이 보면서, 춘향의 대
사를 일일이 따라 하면서까지 영화를 즐겼다고 한다. 춘향이 변
사또에게 능욕을 당하는 장면에서 함께 울고 소리지르는 사람이
한둘이 아니었다는 것이다. 이러한 현상은 한국의 여인네들에게

공통적으로 존재하던 한
(恨)의 해소 차원으로 이
해할 수도 있다. 극중인

1955년에 제작된 이규환 감독, 이민 ·
조미령 주연의 영화 『춘향전』의 포스
터. 이 영화는 국도극장에서만 12만
명의 관객을 동원할 정도로 당시 대중
들의 『춘향전』에 대한 관심이 높았다.

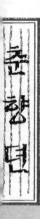

물에 자신의 감정을 이입시켜 동일시하고, 극중인물이 지닌 원과 한을 자신의 것으로 치환하여 해소해 카타르시스의 효과를 가져 온다는 식 말이다. 혹은 『춘향전』이 전쟁 직후의 암울한 분위기와 절망감에 시달리던 사람들을 잠시나마 위무해 주는 역할을 했을 수도 있다. 사회사적으로 살펴보더라도 이 시기는 한국 영화의 중흥기로서 국산 영화에 대한 면세 조치 등 정부의 전폭적인 지원을 받았다[3] 하니, 스크린 쿼터 제도에 맞서서 삭발까지 하는 요즘의 세태와는 사뭇 다른 분위기였다고 할 수 있겠다. 어찌 됐든 이 영화는 흥행면에서 한국 영화사에 남을 만한 기록을 이룬 작품으로 평가되고 있으며 이후 수많은 아류작을 낳는 결과를 가져왔다.

그간 국내와 해외에서 제작되거나 제작중인 『춘향전』 영화는 총 13편. 이 위에 TV 드라마, 마당극, 연극 작품에 북한에서 제작된 영화까지 합치면 수를 셀 수 없을 정도로 많다. 수많은 고전 작품들, 즉 『심청전』, 『홍길동전』, 『배비장전』, 『장화홍련전』, 『운영전』 등이 은막을 장식했지만 『춘향전』만큼 빈번하게 제작된 작품은 없다. 마치 『로미오와 줄리엣』이 회를 거듭하며 제작, 상영된 것처럼 우리의 『춘향전』도 거듭하여 영화의 소재로 사용되었던 것이다.

그간 상영된 『춘향전』들을 열거해 보면 다음과 같다.

1923 『춘향전』 조천고주(早川孤舟) 감독/김례성 변사/한룡, 최영완 주연
1935 『춘향전』 이명우 감독/문예봉, 한일송 주연
1955 『춘향전』 이규환 감독/유현목 조감독/조미령, 이민 주연
1957 『대춘향전』 김향 감독/박옥진, 박옥란 주연

1958『춘향전』안종화 감독/고유미, 최현 주연

1961『성춘향』신상옥 감독/최은희, 김진규 주연

1961『춘향전』홍성기 감독/김지미, 신귀식 주연

1968『춘향』김수용 감독/홍세미, 신성일 주연

1971『춘향전』이성구 감독/문희, 신성일 주연

1976『성춘향전』박태원 감독/장미희, 이덕화 주연

1987『성춘향』한상훈 감독/이나성, 김성수 주연

1999『성춘향뎐』(『The Love Story Of Juliet』) 앤디 김 감독/애니 메이션

2000『춘향뎐』임권택 감독/이효정, 조승우 주연(예정)[4]

『춘향전』이 이토록 대중에게 각광받는 이유는 여러 가지가 있을 것이며 시대에 따라 그 의미가 다를 수 있다. 일제 강점기 최초의 『춘향전』은 이른바 기계 문명 혹은 문화라는 것에 대한 호기심과 변사의 능란한 화술, 그리고 실제 기생 출신 여인을 주인공으로 등장시킨 점이 주효했다. 볼거리, 화젯거리가 드물었던 그 당시 소위 문화인들에게는 활동사진(무성영화) 자체가 생소하면서도 신기한 볼거리였으며, 이 사실 하나만으로도 호기심을 자극했으리라 본다.

1935년의 『춘향전』은 최초의 발성영화라는 의미를 지닌다. 녹음은 촬영기사 이필우가, 감독은 그의 동생 이명우가 맡았으며 홍난파가 음악을 담당했다. 총제작비는 2천 4백원. 이 영화는 기술적인 면에서 여러 가지 부족한 점이 없는 것은 아니었지만 '말하는 활동영화'의 효시답게 대단한 인기와 환영을 받아 흥행면에서도 큰 성과를 거두었다. 또한 이 영화의 여주인공 문예봉(文藝峰,

사진으로 보는 영화 『춘향전』 변천사

◀ 1935년 제작된 영화 『춘향전』
의 한 장면. 이 영화는 한국 영화사
상 최초의 발성영화라는 의의를 지
닙다(감독 이명우, 주연 문예봉 ·
한일송).

▶ 1955년 제작된 영화 『춘향전』
(감독 이규환, 주연 이민 · 조미령).

◀ 1961년 화제를 모은 영화 『성
춘향』에서 열연한 최은희와 김진
규. 신상옥 감독의 『성춘향』은 홍
성기 감독의 『춘향전』과 격돌해 화
제가 되었다.

▶ 2000년 개봉 예정으로 임권택
감독이 제작중인 영화 『춘향뎐』
(주연 이효정 · 조승우).

본명 文丁元)은 후에 북한의 최고 은막 스타가 된 원로 여배우이다. 함흥 출신의 이 배우는 한국 영화의 여명기인 1930년대~1940년대 스크린의 여왕이었다. 그녀는 1932년 나운규와 더불어 『임자 없는 나룻배』에서 열연, 일약 스타덤에 올랐는데, 이 영화 『춘향전』은 문예봉과 인연이 깊다. 1967년 북한 당국에 의해 '복고주의자, 허무주의자'로 낙인 찍혀 숙청되었던 그녀는 1980년 북한 영화 『춘향전』에서 월매 역을 맡으며 복귀한 바 있으니, 『춘향전』이 문예봉을 살린 셈이다.

　1961년에는 『춘향전』과 『성춘향』이 격돌해 화제가 만발했다. 신상옥—최은희, 김진규의 『성춘향』과 홍성기—김지미, 신귀식의 『춘향전』 간의 관객 유치 경쟁이 그것이다. 세간 사람들은 두 영화의 경쟁을 '춘향戰'으로 부르기도 했다. 홍성기 감독은 국내 최초로 천연색 시네마스코프로 이 영화를 촬영했다. 그러나 관객들은 신상옥—최은희의 『성춘향』 쪽에 손을 들어주었다. 『성춘향』의 관람객 수는 36만 명. 이 당시 에로 영화의 경향에 힘입은 최은희, 김진규의 에로틱한 첫날밤 신이 관객을 끌어들이는 데 중요한 역할을 했다는 후문[5]도 있다. 신문에는 "마니라에서 開催되는 亞細亞映畵祭에 出品!", "在韓 外國人까지도 앞을 다투어 入場券을 買得!"이라는 광고 아래 "半平生을 통하여 同夫人하여 劇場에 가본 일이 없었다는 一中居士도 이 映畵만은 全家族을 同伴하여 觀覽하신 結果 充實한 奉仕가 되었다는 評!"[6]이라는 선전까지 달고 있다.

　한편 1971년의 『춘향전』은 최초의 70mm 영화라는 점에 의의가 있으며 이 영화를 계기로 한국 영화의 일대 부흥을 꾀했다[7]는 기록이 있다.

투너신 서울(Toon Us In Seoul)이 제
작하여 세계 무대에서 호평 받고 있는
앤디 김 감독의 애니메이션 『성춘향
뎐』.

　　1999년의 『성춘향뎐(The Love Story of Juliet)』은 최초의 애니
메이션으로 한미 합작품이다. 이 영화는 영화진흥공사, 남원시의
후원 아래 미국계 한국인 앤디 김이 운영하는 투너신(Toon Us In)
에서 제작했다. 앤디 김은 애니메이션계의 거장으로 1988년 에미
상을 수상하기도 했으며, 한국 최초의 장편
만화영화 『홍길동』(1968)을 제작한 바 있다.
남원 · 코카콜라 · 핸드폰, 그리고 댄스
음악과 랩, 심지어 강아지까지
등장하는 『성춘향뎐』이 세계
영화팬들의 정서에 어떻게 다
가갈지 궁금하다.

임권택 감독이 촬
영중인 『춘향뎐』
의 장면(오른쪽
위아래)과 제작
발표회 모습(위
쪽).

    2000년에 개봉될, 임권택 감독의 『춘향뎐』은 어쩌면 영화 『서편
제』처럼 '소리'가 주인공이 될지도 모르겠다. 영화 전편에 국창
인간문화재 조상현의 판소리 『춘향가』가 깔릴 예정이라고 한다.
    『춘향가』는 동편제인 만큼 임권택 감독은 영상을 통하여 판소리
서편제와 동편제 모두에 접근하는 야심 찬 시도를 하는 것 같다.
    역대 춘향 역할을 한 여배우들(조미령, 최은희, 홍세미, 문희, 장미
희 등)이 일급 스타로 손색이 없었다는 점에 미루어 임권택이 뽑
은 새 춘향에 대한 기대 또한 크다.

2. 『춘향전』 다시 읽기

국내에서 동일한 작품 제목으로 제작된 영화 작품 가운데 가장 빈번하게 제작된 것이 『춘향전』일 터인데, 새로운 『춘향전』이 탄생할 때마다 관객들은 새로운 호기심으로 영화를 보게 된다. 이런 현상이 의미하는 바가 무엇일까. 『춘향전』을 다시 읽어 보면 해답은 쉽게 도출될 것이다.

우리는 『춘향전』 탐독을 통해 ①『춘향전』 서사가 지닌 민족의 보편 정서, ②서사 구조의 전형성과 개방성, ③대중성을 발견할 수 있다. 우선 ①의 경우, 춘향은 일편 단심 한마음으로 변사또의 갖은 회유와 환심도 마다한다. 급기야는 형틀에 묶여 매를 맞으며 '십장가'를 부르게 된다. 이 같은 춘향의 일편 단심은, 근대 이전에는 민족 보편 정서의 형태로 존재하던 것이다. 남성의 경우는 두 임금을 섬기지 않는 정신, 나아가서는 선비의 지조가 이에 해당하고 여성에게 있어서는 두 지아비를 섬기지 않는 정절이 이에 해당할 것이다. 이러한 초지 일관의 정신은 현대에 와서 다른 형태로 변질되기는 했지만 여전히 일종의 집단 무의식적인 보편 정서로 유지되고 있다. 이는 이성적이거나 합리적이라기보다는 무의식적이며 감정적인 것으로, 가령 국가나 민족에 위기 상황이 도래했을 때 가장 먼저 발휘되는, 일종의 집단 정서로 변질된 채 여전히 우리 민족의 정신성의 일부분으로 남겨져 있다.[8] 『춘향전』의 어떤 판본에도 이 '십장가' 장면은 빠짐없이 기록되어 있다는 사실은, 유교의 지조 혹은 정절의 정신으로 부당한 권력에 대응하는, 우리 민족 보편의 정서를 설명하기에 충분하다. 물론 이러한 정서는 근대 이후에 부정적으로 왜곡되거나 변질되기도 했으며,

홍성기 감독, 김지미 · 신귀식 주연의 영화 『춘향전』 포스터(1961년). 이 영화는
신상옥 감독의 『성춘향』과 동시에 개봉되어 화제가 되었으나, 관객 유치 경쟁에
서 실패하고 말았다.

이러한 부정적 측면 또한 우리 민족의 보편 정서의 한 양상이 되었음을 부정할 수 없다.[9]

다음으로 『춘향전』의 서사 구조를 살펴보자. 만남(발단)―사랑(전개)―이별과 시련(갈등과 위기)―어사 출두와 남녀의 해후(극적인 반전)―두 사람의 재회·결합(대단원)이라는, 전형적인 서사 구조를 지니고 있다. 이러한 서사 구조의 요소들이야말로 한 편의 드라마, 혹은 한 편의 영화가 만들어지는 데 필수적인 요소들이라 할 수 있다. 여타의 고전 작품들과 달리 『춘향전』만이 유독 거듭하여 영상화되는 이유가 여기에 있다. 그러나 서사 구조가 전형적이라고 해서 구조 자체가 완결되어 있는 것은 아니다. 『춘향전』은 판본에 따라 세부 내용 사이에 엄청난 편차가 있다. 이는 독자이며 청자인 향유자가 언제든 새로운 에피소드를 첨가 삭제할 수 있는 열린 구조의 작품이라는 것을 의미한다. 전형적인 구조를 뼈대 삼아 향유하는 사람이 살을 붙여 나가는 개방된 구조―이것이 시대에 따라 다른, 새로운 『춘향전』을 만들게 하는 요인인 것이다.

다음으로 살펴볼 것은 『춘향전』의 반전 부분, 즉 사또의 생일 잔치 부분이다. 암행어사가 된 이몽룡은 걸인 행세를 하며 변 사또의 초대받지 않은 손님 노릇을 자청한다. 이때 변 사또는 몹시 거들먹거리며 암행어사를 능멸한다. 그러나 변 사또는, 독자 혹은 민중이 만들어 놓은 정교한 에이런에 지나지 않는다. 변 사또는 판본이 거듭될수록 혹세 무민하고 가렴 주구하는 정도가 심해진다. 이는, 달리 말하면 『춘향전』의 향유 계층이 일부러 그렇게 만들어 놓은 것이다. 변 사또가 포악하면 할수록 어사 이몽룡이 가하는 징계는 클 수밖에 없다. 이러한 단순한 권선징악적 요소―악한 권력이 선한 권력에게 내침을 당하고 징계당하는―가 우리 문학의 대중적 요소의 하나이다.[10] 어쩌면 '암행어사 출두야'라는 장쾌한 장면을 보기 위해, 세상의 나쁜 피들을 몰아내는 정의로운 권력이 있음을 확인하기 위해 우리는 『춘향전』을 거듭 읽는 것은 아닐까.

3. 『춘향전』은 아직도 완성되지 않았다.

우리는 다시 『춘향전』을 읽는다. 이번에는 월매나 변 사또, 혹은 방자나 향단이 새로운 모습으로 등장할지도 모르기 때문이다. 욕

『로미오와 줄리엣』 그리고 그 변용으로 볼 수 있는 영화들.
①『웨스트 사이드 스토리』 ②『포카혼타스』 ③④⑤『로미오와 줄리엣』

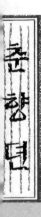

심을 내어 올리비아 핫세[11]와 같은 새로운 춘향, 레오나르도 디카
프리오 같은 새로운 이몽룡이 태어나기를 고대하기도 한다.

『춘향전』은 독자의 시각에 따라, 영화 감독의 철학에 따라 얼마
든지 새롭게 해석될 여지가 많은 우리의 고전이다. 『로미오와 줄
리엣』이 시대와 해석 여부에 따라 디즈니판 애니메이션『포카혼
타스』가 되기도 하고 현대판 로미오와 줄리엣인『웨스트 사이드

1) 동아일보, 1955. 1. 17.
2) 서울시 은평구 역촌동 정동학 할머니(80세)의 구술.
3)『연예월드』, 1997. 9. 1.
4) 이밖에 북한에서 상영된『춘향전』으로는 다음과 같은 것들이 있다.
　① 1980년『춘향전』/조선 예술영화 촬영소 제작(155분)/구전설화를 기초로 하여
　반상 신분제도로 인해 사랑을 이루지 못하는 양반과 기생의 이야기를 내용으로 함.
　② 1984년『사랑 사랑 내 사랑』/신필름 영화 촬영소 제작/납북된 신상옥이 제작한
　것으로 고전 작품과 내용이 동일함.
　③ 민족가극『춘향전』/국립 평양예술단 제작(134분)/『춘향전』각색 가극으로, 제
　13차 평양축전 공연 작품임.
　④ 1996년『춘향전』/조선 예술영화 촬영소 제작/비디오용으로 북한에서 현재 유통
　되고 있는『춘향전』.
5) PC통신『월간 스크린』, 「한국 에로 영화 #2」, 1998. 1. 15.
6) 동아일보, 1961. 3. 5.
7) PC통신『비디오 천국』, 「영화특집」, 1997. 1. 7.

스토리』, 『사랑의 도피처』 등으로 거듭나는 것처럼 우리의 『춘향
전』도 얼마든지 새롭게 거듭날 수 있다.[12] 그런 의미에서 『춘향전』
은 여전히 미완의 작품이며, 향유자의 작품인 동시에 열려 있는
작품이다.

우리가 다시금 『춘향전』을 읽어야 하는 이유는, 우리 자신이
『춘향전』을 완성할 주인공이기 때문이 아닐까.

---

8) 예를 들면 88올림픽 당시의 단결된 시민 정신, 혹은 IMF 사태에 거국적으로 금모
   으기에 동참하는 것 등이 이러한 정신의 반영이다.

9) 근대 이후의 변형이나 왜곡은 '일편 단심'의 지조를 지키겠다는 정신이 약화되고
   대신 누군가를 '섬긴다'는 의미가 강화된 형태로 이루어졌다. 예를 들면 군대식 조
   직 의식, 상명 하복의 공무원 문화, 지연, 학연 등을 중시하는 사고 등 지양해야 할
   정서를 의미한다.

10) 현대의 대중소설이 놀라운 판매 기록을 세우는 이유도 이러한 대중성을 지니고 있
    기 때문이다. 예를 들면 200만 부를 판매한 이진명의 『무궁화꽃이 피었습니다』의
    경우, 강력한 국가주의 혹은 민족주의라는 단순 논리가 대중을 사로잡았다고 볼
    수 있다.

11) 1968년 이탈리아의 명감독 프랑코 제피렐리의 『로미오와 줄리엣』의 여주인공. 당
    시 나이 16세. 이 영화로 아카데미상을 수상했다.

12) 국내에서 『춘향전』을 패러디한 영화로는 임종재 감독의 『그들만의 세상』(이병헌,
    정선경 주연, 1996)이 있다.

『춘향전』 자료 목록

1. 시/시집

김소월, 「춘향과 이도령」, 윤주은 편, 『김소월시 원본연구』, 학문사, 1984.

김영랑, 연작시 「忘却」, 『한국현대시문학대계7』, 지식산업사, 1981.

서정주, 「추천사 1(춘향의 말 1)」, 「다시 밝은 밤에(춘향의 말 2)」, 「춘향유문 (춘향의 말 3)」, 『미당 서정주 시전집』, 민음사, 1983.

박재삼, 『춘향이 마음』, 신구문화사, 1962.

전봉건, 『춘향연가』, 성문각, 1967.

최하림, 「춘향비가」, 『문학사상』, 1974. 9.

송수권, 「춘향이 생각」, 「남원 운문」, 『산문에 기대어』, 문학사상사, 1981.

김정환, 「사두개인들의 부활에 관한 질문에 답함」, 『황색예수전』, 실천문학사, 1984.

유성규, 「춘향사」, 『한국문학』, 1984. 11.

2. 소설

최인훈, 「춘향뎐」, 『최인훈전집 8』, 문학과지성사, 1976.

김주영, 『외설 춘향전』, 민음사, 1994.

3. 희곡

유치진, 「춘향전」(14막 8장), 『유치진희곡전집 上』, 성문각, 1971.

박　진, 「춘향전」(5막), 『현대희곡작가선집』.

박만규, 뮤지컬대공연 「성춘향」 문예진흥원 소장 극본.

4. 시나리오

이규환 각본,『춘향전』, 동명영화사 제작, 1955(김수용 감독 소장본).

임희재 각본,『성춘향』, 신상옥 프로덕션 제작, 1961(김수용 감독 소장본).

임희재 각본,『춘향』, 세기상사 제작, 1968(김수용 감독 소장본).

이언경 각색,『춘향전』, 1971(한양대 연극영화과 소장본).

이문용 구성,『성춘향전』, 우성사 제작(김수용 감독 소장본).

박병우 극본,『TV춘향전』, 1984(KBS 도서관 소장본).

5. 영화

1923년『춘향전』하야카와 고슈(早川孤舟) 감독/김례성 변사/한룡, 최영완 주연

1935년『춘향전』이명우 감독/문예봉, 한일송 주연

1955년『춘향전』이규환 감독/유현목 조감독/조미령, 이민 주연

1957년『대춘향전』김향 감독/박옥진, 박옥란 주연

1958년『춘향전』안종화 감독/고유미, 최현 주연

1961년『성춘향』신상옥 감독/최은희, 김진규 주연

1961년『춘향전』홍성기 감독/김지미, 신귀식 주연

1968년『춘향』김수용 감독/홍세미, 신성일 주연

1971년『춘향전』이성구 감독/문희, 신성일 주연

1976년『성춘향전』박태원 감독/장미희, 이덕화 주연

1987년『성춘향』한상훈 감독/이나성, 김성수 주연

1999년 에니메이션『성춘향뎐 The Love Story of Juliet』/앤디 김 감독

2000년『춘향뎐』임권택 감독/이효정,. 조승우 주연

6. 북한 영화

1980년 『춘향전』 조선 예술영화 촬영소 제작(155분)

1984년 『사랑 사랑 내사랑』 신필름 영화 촬영소 제작/신상옥 감독

제13차 평양축전 공연작품 민족가극 『춘향전』/국립 평양예술단 제작(134분)

1996년 『춘향전』 조선 예술영화 촬영소 제작/비디오용

7. 만화

허순봉, 『춘향전』, 능인, 1992.

고우영, 『춘향, 이혼하다』, 예일, 1994.

8. 판소리

◀ 창본 ▶ 필사본

소장자(소장처)	작품명(소재처)
신재효본	남창 춘향가(신재효판소리전집)
신재효본	남창 춘향가(정문연001150-21)
신재효본	동창 춘향가(신재효판소리전집)
장자백본	춘향가(판소리학회편 春香歌)
백성환본	춘향가(판소리학회편 春香歌)
박기홍본	춘향가(춘향전필사본전집1)
박순호 소장	68장본 춘향가(한글필사본소설자료총서47권)

소장자(소장처)	작품명(소재처)
박순호 소장	99장본 춘향가(한글필사본소설자료총서18권)
홍윤표 소장	154장본 춘향가
홍윤표 소장	성춘향가(성춘향가—역주, 태학사)

◀┃창본┃▶ 활자본

소장자(소장처)	작품명(소재처)
이선유본	춘향가(오가전집)
성우향본	춘향가(한국구비문학선집)
조상현본	춘향가(뿌리깊은나무 판소리 다섯마당)
김여란본	춘향가(한국의 판소리)
김소희본	춘향가(동리연구 3호 · 한국음악 5)
박동진본	춘향가(1992. 3. 30. MBC 채록 정리본)
정광수본	춘향가(전통문화오가사전집)
김연수본	춘향가(창본 춘향가)
박봉술본	춘향가(판소리연구 4집)
민속악보	춘향가(민속악보 제1집)
무형문화재조사 보고서 춘향가	중요무형문화재 전수교재 춘향가
박헌봉본	춘향가(창악대강)
이창배본	춘향가(한국가창대계)

【 판각본 】

소장자(소장처)	작품명(소재처)
일본구주대본	경판35장본 춘향전(나손본 필사본 고소설 자료총서 73권)
파리동아어학교본	경판30장본 춘향전(고소설판각본전집 5)
일본동경외대본	경판30장본 춘향전
파리Guimet박물관	경판23장본 춘향전(고전소설 제2집 춘향전)
김동욱본	안성판20장본 춘향전(고소설판각본전집 3)
박노춘 소장	경판17장본 춘향전(고소설판각본전집 3)
김동욱 소장	경판16장본 춘향전(고소설판각본전집 5)
임형택 소장	완판26장본 별춘향전(판소리연구 7집)
박순호 소장	완판29장본 별춘향전(아주어문연구 2집)
한창기 소장	완판29장본 별춘향전(고소설판각본전집 5)
김동욱 소장	완판33장본 열녀춘향수절가(고소설판각본전집 3)
구자균 소장	완판64장본 열녀춘향수절가(고소설판각본전집 3)
조윤제 소장	완판84장본 열녀춘향수절가(고전소설선)

【 필사본 】

소장자(소장처)	작품명(소재처)
파리동양어학교본	남원고사(춘향전필사본전집 1)
동양문고본	춘향전(일본동양문고본 춘향전)
도남문고본	춘향전
동경대본	춘향전(조선학보 제126집)
이재수 소장	상산본 춘향전(고전문학선)

소장자(소장처)	작품명(소재처)
사재동 소장	낙장64장본 별춘향전
사재동 소장	70장본 춘향전
사재동 소장	52장본 춘향전
사재동 소장	87장본 춘향전
사재동 소장	낙장20장본 춘향가
사재동 소장	68장본 춘향전
사재동 소장	낙장52장본 춘향전
사재동 소장	낙장43장본 춘향전
김동욱 소장	낙장70장본 춘향전(나손본필사본고소설자료총서 73권)
김동욱 소장	낙장86장본 춘향전(나손본필사본고소설자료총서 73권)
김동욱 소장	낙장51장본 춘향전(나손본필사본고소설자료총서 73권)
김동욱 소장	70장본 옥중화(나손본필사본고소설자료총서 74권)
김동욱 소장	낙장20장본 춘향전
김동욱 소장	낙장47장본 옥중화
김동욱 소장	낙장75장본 춘향전
김동욱 소장	낙장30장본 춘향전
박순호 소장	49장본 춘향전(한글필사본연구소설자료총서 47)
박순호 소장	69장본 별춘향전(한글필사본연구소설자료총서 64)
박순호 소장	90장본 옥중화춘향가(한글필사본연구소설자료총서 35)
박순호 소장	50장본 열여춘향수절가(한글필사본연구소설자료총서 75)
박순호 소장	48장본 춘양가라(한글필사본연구소설자료총서 99)
박순호 소장	84장본 춘향전(한글필사본연구소설자료총서 99)

소장자(소장처)	작품명(소재처)
박순호 소장	151장본 증상연예 옥중가인(한글필사본연구소설자료총서 47)
박순호 소장	61장본 춘향전(한글필사본연구소설자료총서 99)
박순호 소장	59장본 춘향전(한글필사본연구소설자료총서 99)
김광순 소장	28장본 별춘향가라(한국고소설전집 13)
김광순 소장	36장본 춘향젼(한국고소설전집 13)
홍윤표 소장	154장본 춘향가
김종철 소장	
정명기 소장	
권영철 소장	30장본 성춘향가(춘향전필사본전집 1)
김일근 소장	26장본 성녈전(인문과학논중 1)
조종업 소장	
조동일 소장	
이명선본(이고본)문장지	
정신문화연구원 소장	59장 츈향전단
정신문화연구원 소장	51장본 춘향전
정신문화연구원 소장	낙장16장본 춘향가
정신문화연구원 소장	94장본 춘향전
정신문화연구원 소장	90장본 열여춘향전
국립중앙도서관 소장	53장본 츈향젼
고려대도서관 소장	55장본 츈향전(C15-A14A/문장지 소재 보성전문학교장본)
고려대도서관 소장	(만송 C14-A48)
고려대도서관 소장	(C14-A48A/한문본)

소장자(소장처)	작품명(소재처)
고려대도서관 소장	(C15-A-14B)
고려대도서관 소장	(대학원3636K9:저본 C15-A14 외1건/고대본)
동국대도서관 소장	69장본 츈향전
신학균 소장	62장본 별춘향가(국회도서관)
계명대도서관 소장	54장본 츈향전(김광순전집 13권)
경북대도서관 소장	60장본 춘향전(김광순전집 13권)
충주박물관 소장	67장본 춘향전(예성문화 제16·17집)
서울대도서관일사문고 소장	
상응문고본	
성암문고본	
김일성종합대학 소장	리도령 춘향전
인민대학습당 소장	춘향전 단
사회과학원 도서관소장	춘향전
박노춘소장	貞烈記
안춘근소장	
오영근소장	
하동호소장	
김진영소장	춘향전단50장본
김진영소장	이몽룡열녀첩춘향전(별춘향전이라)25장본(낙장)

◀ 구활자본 ▶

소장자(소장처)	작품명(소재처)
	도상옥중화
유일서관본	특별무쌍춘향전
	언문춘향전
	신역별춘향가
신구서림본	증상연예옥중가인
보급서관본	옥중화
신문관본	고본춘향전
	연정 옥중화
세창서관본	특별신판 옥중화
한성/유일서관본	만고열여일선문춘향전
대창/보급서관본	옥중가화 춘향전
대창/보급서관본	옥중화 춘향전
박문서관본	언춘향전
신구서림/ 회동서관본	증수 춘향전
	우리들전(별춘향전)
영창서관본	절대가인 성춘향전
덕흥서림본	언문 춘향전
동양서원본	춘향전
광동서국본	만고열여 옥중화
광한서림본	회중춘향전(일명 소춘향가)

소장자(소장처)	작품명(소재처)
경성서적조합본	증수연예옥중가인
회동서관본	기연소설 오작교
한성서적조합본	일설 춘향전
대성서림본	언문 춘향전
화광서림본	춘향전
영창서관본	국역대조 춘향가
	춘향전(조선고전문학전집/이동백창본)
광주서적인쇄소본	창극조 대춘향가

▌한문본▐

소장자(소장처)	작품명(소재처)
	晩華本 春香歌(二百句 狎支韻)
	廣寒樓樂府 一百八疊(白鶴山房藏)
	春夢綠(漢詩春香歌)
	春香新說
	山水廣寒樓記
呂圭亨本	春香傳 全
대방화사	春香傳(광무연간 프린트판 한문본)
동창서옥본	懸吐漢文春香傳